UN REGALO EN EL CAFÉ
DE LA LUNA LLENA

MAI MOCHIZUKI

UN REGALO EN EL CAFÉ DE LA LUNA LLENA

Ilustraciones de
Chihiro Sakurada

Traducción de
Juan Francisco González Sánchez

PLAZA JANÉS

Papel certificado por el Forest Stewardship Council®

Penguin
Random House
Grupo Editorial

Título original: *Mangetsukohiten no hoshiyomi – hontou no negaigoto (満月珈琲店の星詠み〜本当の願いごと〜)*

Primera edición: septiembre de 2025

Printed in Spain – Impreso en España

ISBN: 978-84-01-03685-9
Depósito legal: B-12.089-2025

Compuesto en Comptex & Ass., S. L.

Impreso en Liberdúplex
Sant Llorenç d'Hortons (Barcelona)

L036859

«El Café de la Luna Llena carece de una ubicación fija. Puede aparecer caprichosamente en una conocida calle comercial, en la última parada de una línea de tren o en la tranquila ribera de un río. En nuestro establecimiento no preguntamos a los clientes lo que desean tomar. Les servimos los mejores platos, postres y bebidas sin consultarles nada».

¿Sonreía también esta noche, en algún lugar, el gran gato tricolor?

Introducción

Una media luna de cristalina blancura asomaba en el cielo. Eran precisamente esas noches iluminadas por la luna en cuarto creciente las más idóneas para estudiar.

La fuerza que emanaba de la luna, en su gradual crecimiento hasta convertirse en llena, insuflaba energía en todo aquello que también se encontrase en pleno desarrollo bajo el cielo, impulsándolo.

Por dicha razón, era en esas noches en cuarto creciente cuando el Café de la Luna Llena abría sus puertas para celebrar sus reuniones de estudio.

Una amplia planicie dentro de un extenso parque bañado por la luz lunar acogía nuestro remolque del Café de la Luna Llena, con su suave y cálida iluminación. Los participantes tomaban asiento ante unas mesas dispuestas en abanico frente a la luz, alrededor del maestro: el gran gato tricolor.

Además de maestro, también era dueño del Café de la Luna Llena y, por si fuera poco, astrólogo.

Al anochecer, teñida de violeta oscuro la cúpula celeste, soplaba la suave brisa de un recién inaugurado invierno. Nada podía alterar la paz del ambiente de estudio bajo aquella acogedora luz.

Todos los que se daban cita aquella noche mantenían una conexión primordial entre sí: eran mensajeros de las estrellas. Su pequeño problema consistía en que, faltos de conocimiento de nada que no fuese ellos mismos, necesitaban de ocasionales sesiones de preparación bajo la tutela del maestro.

Sobre cada una de las mesas, a disposición de cada alumno, descansaba un vaso de limonada de luz de luna.

Elaborada con limones bañados por la luz lunar, tenía un gusto ácido y dulce que traspasaba los sentidos hasta llegar al fondo. Era altamente recomendable para quienes, terminada la jornada de trabajo, regresaban a sus casas y, cómo no, para aquellos aplicados estudiantes que se disponían a comenzar su sesión de estudio.

—¡El color de esta limonada es igual que el de mi pelo! —exclamé entre risas, mientras me acariciaba el cabello y me llevaba el vaso a los labios. Al poco, alcé la mano mirando al maestro—. ¡Maestro, tengo una pregunta!

—Dime, Afrodita.

—El paso de la era de Piscis a la de Acuario se produjo en el 2000, ¿no es así? ¿Cómo es posible que solo unos años después, en el 2020, el mundo se haya vuelto tan turbulento?

El maestro asintió con la cabeza y deslizó la mirada por los asistentes.

—¿Alguien conoce la respuesta? —preguntó.

Un joven pelirrojo apoyó las manos sobre la mesa y se puso en pie.

—La era de Piscis terminó en el año 2000. Entonces comenzó la de Acuario. El motivo por el que arrastramos muchos de los problemas de la era de Piscis es que seguimos en un ciclo del elemento Tierra. Sin embargo, en diciembre de este 2020, este ciclo llega a su fin y, en 2021, comienza un ciclo de Aire. El año 2020 ha manifestado los efectos de ese cambio.

Tras lo dicho, el joven pelirrojo tomó asiento de nuevo.

Se llamaba Ares. Tenía un rostro viril y el pelo de un rojo brillante como el fuego, al igual que el iris de sus ojos.

—Ar, me has sorprendido. Veo que te has aplicado en el estudio —susurró Hermes, de pelo plateado y aspecto asexuado. Tenía fama de joven guapo.

—¿Harías el favor de llamarme por mi nombre completo? —protestó Ares—. Ar se puede confundir con Her, la primera sílaba de tu nombre.

—Pues nada, a mand… Ar —replicó Hermes, riendo, ante la mirada furibunda de Ares.

Tampoco el maestro, que había oído la réplica, pudo evitar una risa sofocada.

—Ares, tu respuesta es correcta —concedió el maestro—. Así es. El siglo XIX nos trajo el ciclo de Tierra durante más de doscientos años.

Fruncí el ceño. Nunca había oído hablar de aquello.

—Pero, si estoy en lo cierto, la era de Piscis se inició tras la era anterior —señalé— y se prolongó dos mil años, hasta el 2000. ¿Qué es todo eso de los ciclos de la Tierra y del Aire?

Mi inocente desconcierto debió de reflejárseme en el rostro, porque Hermes, sentado a mi lado, me miró boquiabierto.

—¿No sabes nada de eso? ¿Cómo te las has arreglado para atender a los clientes todo este tiempo?

—Conozco cualquier cosa referente al horóscopo, la alineación de planetas, todo. Los misterios me son revelados y yo los transmito, como una sacerdotisa.

—¿Por intuición?

—¡Nada de intuición! Soy fiel a lo que me dicta el universo.

A pesar de la seguridad con que respondí, me sentí incómoda y me encogí en mi asiento.

—De acuerdo, de acuerdo —zanjó Hermes con un resoplido.

«Tan insolente como siempre», pensé.

Ares lanzó una nueva mirada fulminante a Hermes.

—Afrodita es muy sensible. ¡Se merece más respeto! —bramó.

—Lo que tu digas —respondió Hermes con desgana.

—Volvamos al asunto que nos ocupa —terció el maestro al tiempo que echaba mano de su reloj de bolsillo. En apariencia, aquel reloj era como cualquier otro, pero en ocasiones podía ser algo más que un reloj común.

Las constelaciones de Piscis y de Acuario se dibujaron en el cielo nocturno.

—Como bien ha dicho Ares, durante alrededor de dos mil años, hasta el 2000, fue la era de Piscis. Ahora nos hemos adentrado en la de Acuario. Preguntémonos qué caracteriza a Acuario: el equinoccio de primavera. El equinoccio de primavera estaba en Piscis, pero ahora se ha trasladado a Acuario.

—¡El equinoccio de primavera! —exclamé, asintiendo con la cabeza sin comprender nada.

—El cambio de estación conlleva cambios en la ropa que llevamos y en nuestros hábitos —continuó el maestro—. Cambia, en definitiva, el modo en que vivimos. De la misma manera, el paso de una era a otra trae consigo las más diversas transformaciones.

Contuve las ganas de volver a preguntar; de momento, era mejor mantener la boca cerrada y escuchar.

El maestro vino a decirnos que, durante la era de Piscis, los cuatro elementos —Fuego, Tierra, Aire y Agua— sufrieron transformaciones.

El primero de los elementos es el Fuego, asociado a los signos del zodiaco Aries, Leo y Sagitario.

El segundo, la Tierra. Sus signos son Tauro, Virgo y Capricornio.

Aire es el tercero. A él pertenecen los signos Géminis, Libra y Acuario.

Finalmente, el cuarto: Agua. Sus signos son Cáncer, Escorpio y Piscis.

A los cambios que se producen de un elemento a otro se los llama «mutaciones». Estas suceden aproximadamente una vez cada doscientos años.

—Os preguntaréis cómo suceden dichas mutaciones…

El maestro, que había estado caminando a paso ligero, se detuvo y apoyó las manos en los hombros de Cronos, un hombre de mediana edad y aspecto inteligente, enfundado en un traje, y de Zeus, una rolliza mujer de mediana edad y aspecto agradable.

—Saturno y Júpiter* tienen un gran poder de influencia sobre la sociedad. Ambos se alinean una vez cada veinte años, fenómeno que recibe el nombre de «Gran Conjunción».

«Conjunción» era la palabra que usaban los astrólogos para referirse a la alineación entre planetas.

Anoté diligentemente en mi cuaderno: «Gran Conjunción».

---

* Los planetas Saturno y Júpiter toman su nombre de los dioses romanos del mismo nombre, cuyos equivalentes griegos son Cronos y Zeus. (*N. del T.*).

—Saturno y Júpiter se juntan una vez cada veinte años...
—musité.

—Dicho así... —protestó Cronos, frunciendo el ceño.

—Deja a la chica expresarse —medió Zeus, riendo divertida.

—Así es —confirmó el maestro, moviendo la cabeza en señal de asentimiento—. Saturno y Júpiter entran en conjunción una vez cada veinte años. Lo interesante es que, una vez cada doscientos años, cambia la posición en que se alinean. Digamos que pasan de una posición de Fuego a una posición de Tierra. Así, desde comienzos del siglo XIX hasta el año 2020, ambos han estado agrupándose bajo los signos de Tauro, Virgo y Capricornio, asociados al elemento Tierra. Sin embargo...

El maestro dio cuerda dos veces a su reloj de bolsillo.

—Durante los últimos días del mes de diciembre de 2020, Saturno y Júpiter se alinearon bajo el signo de Acuario, asociado al elemento Aire. A partir de ese momento y a lo largo de los siguientes doscientos años, entrarán en conjunción bajo los signos de Géminis, Libra y el mencionado Acuario, es decir, signos de Aire.

Apenas dijo aquello, el reloj de bolsillo brilló y proyectó dos constelaciones sobre el firmamento nocturno.

Al comprenderlo, me puse en pie.

—Ahora lo entiendo. Lo ha explicado perfectamente. Por favor, permítame hacer un resumen a mi manera.

Sin dilación, comencé a exponerlo con mis propias palabras.

Piscis había dominado nuestra era, desde el año 0 hasta el año 2000. En dicho escenario, el foco iba pasando de Fuego a Tierra, después a Aire y luego a Agua.

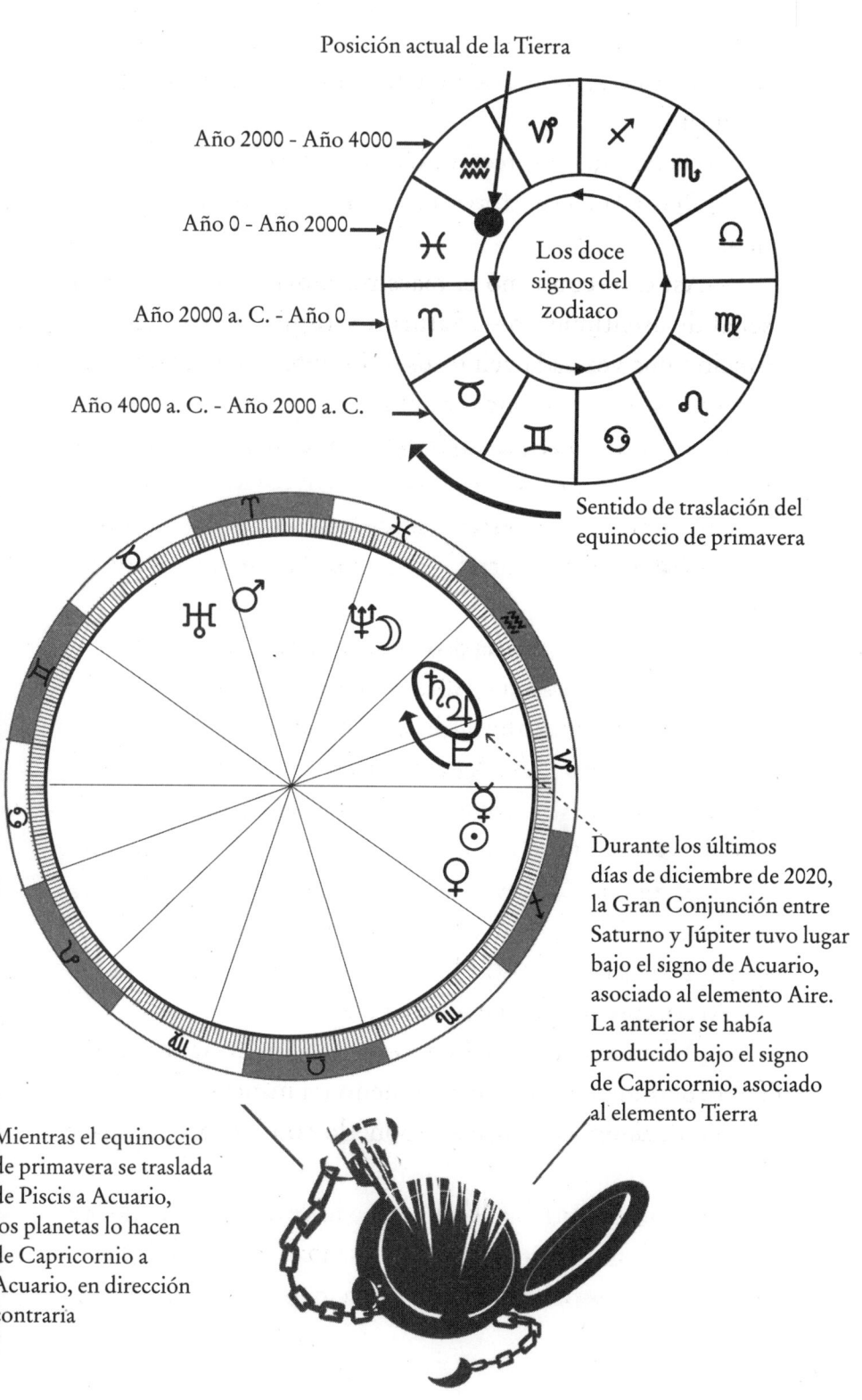

Posición actual de la Tierra

Año 2000 - Año 4000

Año 0 - Año 2000

Año 2000 a. C. - Año 0

Año 4000 a. C. - Año 2000 a. C.

Los doce signos del zodiaco

Sentido de traslación del equinoccio de primavera

Durante los últimos días de diciembre de 2020, la Gran Conjunción entre Saturno y Júpiter tuvo lugar bajo el signo de Acuario, asociado al elemento Aire. La anterior se había producido bajo el signo de Capricornio, asociado al elemento Tierra

Mientras el equinoccio de primavera se traslada de Piscis a Acuario, los planetas lo hacen de Capricornio a Acuario, en dirección contraria

El escenario no cambiaba, solo lo hacía el foco. Con cada cambio, se transformaba el ambiente reinante.

Durante los doscientos años aproximados transcurridos desde los albores del siglo XIX hasta nuestros días, el foco había puesto de relieve el elemento Tierra, mientras —bajo esa misma luz del elemento Tierra— el turno de Piscis llegaba a su fin.

Cayó el telón para Piscis y, al volver a levantarse, el escenario lo ocupó Acuario. Comenzaba su historia.

Pero la luz que iluminaba el escenario seguía siendo la del elemento Tierra, y, debido a ello, los espectadores apenas se dieron cuenta del comienzo de un nuevo turno. Al fin y al cabo, un mismo foco de luz implicaba un mismo ambiente reinante.

Fue en las postrimerías del año 2020 cuando, por fin, se produjo un salto de luz: el foco dejó de estar dominado por el elemento Tierra para empezar a estarlo por el elemento Aire. En ese momento los espectadores se percataron del cambio de turno, de que allí, sobre el escenario, había un nuevo actor, por decirlo así.

—El foco de luz del elemento Aire baña el escenario y este se llena del color del signo Acuario —concluí.

—Muy bien —elogió el maestro mientras asentía con la cabeza, complacido con mi explicación—. Continuando con el ejemplo de Afrodita, podemos decir que los meses anteriores al traspaso del foco de luz del elemento Tierra al elemento Aire, es decir, casi todo el año 2020, han sido una época de transición. Y un cambio esencial de ciclo como ese tiene ecos en la sociedad, transforma su estructura. De ahí que, últimamente, hayan estado produciéndose acontecimientos que quiebran el sentido común. Durante algunos años, después de uno de estos cambios de ciclo, se produce cierta confusión y desorden. Nosotros, mensajeros de las estrellas, tratamos de ofrecer una humilde guía a la humanidad, que ha quedado un poco desorientada, y de alumbrar su camino. Si lo logramos, habremos cumplido con nuestro cometido.

Atentos a las palabras del maestro, asentimos con la cabeza en silencio.

—Ya queda poco para diciembre de 2020. Nos encontramos en un momento muy delicado para los humanos. Así pues, este año, una vez más, abriremos de manera extraordinaria el Café de la Luna Llena para la Nochebuena.

Se nos iluminó el rostro al escuchar decir eso al maestro.

En principio, el Café de la Luna Llena se abría —en correspondencia con su nombre— solamente las noches de luna llena.

Este año de 2020, sin embargo, abriría sus puertas de manera especial en la noche del 24 de diciembre, aunque no hubiera luna.

—Celebraremos una cena de Navidad también este año, ¿verdad?

—¡Por supuesto!

Zeus y yo nos sentíamos radiantes de alegría. Hermes, a nuestro lado, se encogió de hombros.

—Qué ganas de fiesta tenéis las chicas —comentó. Como era habitual, solo él permanecía lacónico ante la cercanía de la Navidad. Su rostro expresaba una total falta de interés por las fiestas, pese a lo cual participaba sin falta, año tras año, en la celebración de la Navidad: era una persona íntegra.

El maestro nos contemplaba satisfecho. Entornó sus finos ojos.

—Una cosa más. Por fin, a finales de año, creo que podré cumplir la petición de *él* y la de *ella*.

Fruncí el ceño. ¿A qué se refería?

—Aah —musitó Selene asintiendo con la cabeza, como si hubiera captado la idea—. Con «ella» se refiere a aquella pequeña de hace veintiún años, ¿verdad?

—¿Eh? ¿Hace veintiún años…? —pregunté.

—¡Claro! Aquella pequeña amiga nuestra nos hizo una petición antes de salir de viaje. Sí…, se acerca el momento.

—Así es —confirmó el maestro, moviendo la cabeza arriba y abajo.

—Y con «él» se refiere a lo de aquella petición de hace catorce años, ¿cierto? Catorce…, múltiplo de siete. Qué raro, ¿no? —Uranos sonrió y apoyó la mejilla en la mano antes de continuar—: Los múltiplos de siete mantienen una conexión profunda en este universo. Bueno, no es que sea tan raro.

—Uranos, tú completas tu ciclo una vez cada siete años —dijo el maestro.

—Sí —contestó Uranos—. Y el tío Cronos me pone a prueba cada siete años.

—¿Tío? —intervino Cronos—. ¿Cuántas veces tengo que repetir que tan solo se trata de un pequeño desafío? —Resopló algo molesto.

—Pues eso: una prueba.

Ante la subida de tono de la conversación, el maestro terció para apaciguar los ánimos.

—Retomemos nuestro tema —instó—. Y después explicaré eso de las peticiones. Por el momento, creo que las circunstancias nos obligarán a celebrar más eventos especiales, además de la Nochebuena. Así que os pido que no os relajéis.

—¡Descuide, maestro! —dijeron todos al unísono.

—No sé a qué se refiere el maestro, pero pondré lo mejor de mi parte —comenté, llena de entusiasmo, cerrando el puño.

Hermes me miró con frialdad.

—Me parece muy bien —dijo—, pero, Afrodita, ¿te encuentras bien?

—¿Eh?

—No entiendes ni los principios más básicos del horóscopo. ¿Qué has estado haciendo en vez de estudiar?

Me dio donde más dolía y volví a encogerme en mi silla.

—Como ha dicho Ares, soy muy sensible y..., en vez de estudiar el firmamento, he estado liada con las cartas del tarot y...

Al oír mi intento de excusa, Zeus soltó una risita sofocada. Tenía el pelo largo, envuelto en una redecilla color castaño, y transmitía el aura de una cantante de jazz.

—Ares también ha dicho que una sensibilidad y unas ganas de divertirse como las tuyas merecen ser cultivadas —señaló Zeus—. No como Hermes..., siempre tan pendiente de estudiar.

—¡Zeus! —Me puse en pie y la abracé.

—¿Te das cuenta, Afrodita? Ese es precisamente tu punto fuerte.

—¡Gracias, Zeus! Tienes razón, me encanta pasarlo bien. Por eso me gustaría que, la próxima vez, el Café de la Luna Llena abriera sus puertas en un lugar luminoso y colorido.

—Opino lo mismo, y, aprovechando que estamos en invierno, no estaría mal que nos ubicásemos en un lugar con iluminación navideña.

Hermes nos observaba con un mohín de desagrado. Resopló y corrigió la posición de sus gafas.

—Zeus, siempre te pones de parte de Afrodita.

—Claro, somos amigas.

—Por supuesto —ratifiqué al instante.

Cronos y Hermes se miraron entre sí y se encogieron de hombros, como si aquello fuera más de lo que podían soportar.

Ares intervino.

—La amistad es elogiable, ¿o no?

Ares era muy joven, todavía conservaba el aire de un adolescente, y siempre me apoyaba, a pesar de su carácter un poco brusco.

Tuve el deseo de destacar una de sus cualidades. Alcé el rostro.

—Por cierto, maestro, ¿cómo le gustaría vivir en esta nueva era de Acuario que va a acompañarnos tanto tiempo?

—Hum —gruñó el maestro con una inclinación de cabeza—. Lo más importante será conocerse mejor a uno mismo.

Mientras todos asentíamos, Hermes dijo:

—Debemos comprobar nuestra carta astral y comprender qué tipo de persona somos. De ese modo, vivir se hace más fácil.

—Por supuesto —intervine—. Pero debe de haber una manera más sencilla de comprenderlo. Como aprendiz de astrología, a veces me gusta consultar con un astrólogo callejero, pero una carta astral son palabras mayores. Ni siquiera los astrólogos callejeros saben hacerla.

—En tal caso, debes saber qué tipo de desafío te aguarda en la vida —apuntó Cronos.

—Te refieres a una simple prueba, ¿no? Qué aburrimiento.

Le di la espalda.

—¿Qué…, qué aburrimiento…? —Cronos se quedó sin palabras.

Todos los demás se rieron de nosotros dos.

Incluso Selene, con su melena lisa y negra, reía.

—Lo primero que debes hacer para conocer tu esencia es saber mi posición en el firmamento —dijo. Su voz era un suave murmullo.

Cuando cantaba ópera sacaba un poderoso torrente de voz, pero en situaciones normales emitía un tono apenas audible.

—Tu posición, ¿eh…? —repliqué—. Para la maestra Serikawa la luna había entrado en la Casa 4, que representa el hogar, y… —Recordé a la mujer que nos había visitado y tomé nota.

—Así es —confirmó Selene—. Mi posición a lo largo de las constelaciones también merece un poco de atención.

—Te refieres a los signos lunares, ¿verdad? La constelación en que te encuentras situada a cada momento.

«Los signos lunares merecen atención», apunté.

—Bien, tratemos el siguiente asunto: cómo conocerse a uno mismo… —habló el maestro y, en ese preciso instante, me pareció que la luna brillaba con mayor intensidad. Había alcanzado su cénit en la bóveda celeste.

Por efecto de ello, todos nosotros fuimos adoptando una apariencia gatuna. Selene se transformó en una gata negra, Hermes en un siamés, Ares en un abisinio, Zeus en una maine coon, Cronos en un tuxedo, Uranos en un singapura, y yo en una gata persa blanca.

Nuestros ojos brillaban a la luz de la luna y todos nos volvimos para mirar al maestro.

Fruncí el entrecejo. En aquellas palabras que el maestro acababa de pronunciar había algo que no me encajaba.

—¿Eh? Pero, maestro, ¿no es obvio? Las personas se conocen a sí mismas, ¿o no? —inquirí.

—Bueno, el mundo está lleno de gente que cree conocerse —susurró Selene, que se había acercado hasta mi lado— pero que, en cuanto escarba en su interior, se siente perdida.

—Ah, ¿sí? —Parpadeé.

Selene asintió con vehemencia.

—Es lo que llamamos la Puerta del Cielo —indicó Zeus, sonriente, al tiempo que asentía con la cabeza.

—Vaya… —exclamé con un suspiro.

Entonces habló el maestro:

—Conocerte a ti mismo es conocer tus deseos más profundos.

Prólogo

Un cálido día de otoño, un numeroso grupo de personas se había reunido en el parque de la Ciencia, en la ciudad de Tsukuba, para despedir el año con un evento llamado Festival de la Cosecha.

En el lugar habían instalado un mercadillo de puestos con productos típicos de la región, como el filete de carne de vaca Hitachi, rodajas de raíz de loto y tiras de batata seca. Una banda musical formada por músicos extranjeros amenizaba la velada con alegres melodías.

Se trataba de un cuarteto compuesto por una mujer rubia y un niño con el pelo tan plateado que parecía blanco al violín, un joven pelirrojo a la viola y una mujer de pelo negro y liso al violonchelo.

Además de instituciones científicas estatales, en Tsukuba abundaban los centros de investigación patrocinados por grandes y célebres empresas privadas, y no eran pocos los científicos llegados del extranjero que allí trabajaban. Por ello, los asistentes al parque no se sorprendían demasiado por la procedencia de los músicos.

Aquel cuarteto, sin embargo, tenía algo especial. Aquellos músicos eran tan guapos como salidos de una película de Hollywood y atraían la mirada de todos los presentes.

Solo el director del cuarteto era japonés.

Era un hombre de mediana edad. Enfundado en un traje, fruncía el ceño bajo su pelo negro y agitaba la batuta con malhumorado ímpetu.

—Menuda cara de perros tiene el director de orquesta —murmuré—. ¿Estará enfadado?

—Nada de eso —replicó con voz clara mi hija, que pronto cumpliría siete años, al tiempo que sacudía la cabeza a los lados—. Parece enfadado, pero está disfrutando de su trabajo.

El director debió de oír aquello porque en ese mismo instante esbozó una sonrisa un tanto abochornada, al tiempo que los componentes del cuarteto parecían aguantar la risa.

Incliné la cabeza a modo de disculpa y nos pusimos en pie para abandonar el lugar. Al hacerlo, el director del cuarteto agitó la mano que tenía libre hacia mi hija, en señal de despedida.

Pese a lo embarazoso de la situación, tuve la impresión de que había sido una bonita interacción y me alegré por ello.

—¿Ves que majo es? —me preguntó la niña.

—La verdad es que sí —admití, asintiendo con la cabeza.

Así era mi hija Ayu.

Lo que se relata a continuación ocurrió el día anterior.

Delante de nuestra casa había un parque. De vez en cuando, un anciano de rostro malhumorado acudía a sentarse a uno de sus bancos. Al saludo de una madre como yo, de paseo por el parque con mi hija, él solo respondía con un gesto agrio.

Ese hombre no me gustaba.

Me recordaba a mi padre, que ya no estaba con nosotros.

Mi padre era un hombre taciturno y adusto, del que más te valía huir si le daba por abrir la boca. Por su culpa, mi familia estaba rota.

Me figuré que el anciano del parque sería ese mismo tipo de hombre. Parecía detestar a los niños. Pero, entonces, ¿por qué iba al parque?

Al pasar ante él, yo me limitaba a realizar una leve inclinación de cabeza para saludarlo, pero no le decía nada.

Ayu, sin embargo, siempre le dirigía un alegre «¡Buenos días!».

El anciano no contestaba; se limitaba a devolverle el saludo con su gesto agrio.

¿Quién podía ser capaz de semejante frialdad con un niño?

Yo tenía que reprimir la rabia y, en cierta ocasión, le dije a mi hija en voz baja:

—No le des importancia, Ayu.

Ayu ladeó la cabeza.

—¿Que no dé importancia a qué? —preguntó.

—A que el anciano no te haya devuelto el saludo. —Me resultó difícil decirlo de manera tan directa.

Ayu sacudió la cabeza.

—Es solo que habla muy bajito y no se le oye. Pero ha dicho «Buenos días» claramente.

—¿Eh? ¿Tú lo has oído?

—Sí. Casi no mueve los labios. Debe de ser bastante tímido.

¿Bastante tímido? Naturalmente, no creí a mi hija.

Curiosamente, antes de marcharse, el anciano se acercó a donde nos encontrábamos y, sin decir nada, le ofreció un caramelo. Me fijé en que sí dijo algo, pero sin apenas mover los labios.

Ayu me miró como preguntándome si podía aceptarlo.

Asentí con la cabeza y mi hija tomó el caramelo de su mano.

—¡Muchas gracias! —le dijo al anciano.

Al ver la radiante sonrisa de mi hija, el anciano trató también de sonreír, pero lo logró a duras penas. Parecía ser su timidez, en efecto, lo que le retraía. Al verlo así, la idea de que no fuera más que un hombre un poco torpe, sin habilidades sociales, se me antojó más razonable.

«Quizá mi padre lo era también», pensé, sonriendo a mi hija mientras le acariciaba el pelo.

Cosas así de curiosas se le daban muy bien a mi hija.

Parecía tener una capacidad especial para comprender a otras personas de un modo que no era evidente para el resto de los mortales.

—¡Es papá!

Aquel grito me sacó de mis pensamientos. Miré a Ayu.

Allí estaba mi marido, al otro lado del alborotado lugar. Sonreía y agitaba la mano en nuestra dirección.

—¡Junko! —me llamó.

Mi marido seguía siendo un hombre guapo, tan guapo como aquel joven que había conocido tiempo atrás y que parecía sacado de un dibujo.

—Satomi está muy ocupada con el trabajo y no puede venir —se disculpó.

Satomi era su hermana pequeña, mi cuñada. Yo la quería como si fuera mi propia hermana; siempre había deseado tener una hermanita, quizá porque la relación que mantenía con mis padres no era especialmente cálida.

—Vaya, qué pena —lamenté—, sobre todo teniendo en cuenta que es quien ha llevado sobre sus hombros toda la organización de este evento…

—Para Satomi no es más que un evento de tantos que pasan por sus manos.

Satomi trabajaba en una agencia publicitaria y, además, planificaba eventos.

Recientemente se había trasladado de Ibaraki a una oficina en Shibuya, donde, al parecer, no daba abasto con el trabajo.

—¿No viene la tía Satomi? —preguntó Ayu, haciendo un gesto de decepción con los labios.

Ayu quería a su tía con toda el alma.

—Qué faena —agregó.

—Mira, Ayu, por lo visto la tía Satomi se encargó de eso —dijo mi marido, señalando hacia la plaza.

Había unas jaulas alineadas en fila.

—¡Perritos! —Sus ojos se iluminaron.

—¡Es verdad! —exclamé, colocándome la mano sobre los ojos a modo de visera y asintiendo con la cabeza—. ¡Y hay muchos!

De inmediato, reparé en que la expresión de los perros y los gatos de las jaulas reflejaba una patente intranquilidad, lo cual me extrañó. Un cartel contiguo a las jaulas me dio la explicación: «Estos perritos y estos gatitos necesitan un hogar. Por favor, proporciónenselo».

—Ah, se ofrecen en adopción —dije.

—Sí —confirmó mi marido—. Satomi quería hacer algo por los animales que iban a ser sacrificados en las perreras. Ella misma no está en situación de encargarse de una mascota, pero quería contribuir de alguna manera a facilitarles una casa.

Junto a las jaulas, había empleados con prendas de felpa, disfrazados de animalitos de peluche, y una mujer de aspecto especialmente afable, que se dirigía a los asustados animales.

—No os preocupéis. Ya veréis como todo va a salir bien —les decía.

—Mamá, papá, ¿puedo ir a ver? —preguntó Ayu a la vez que tiraba con fuerza de nuestras manos.

Fruncí el ceño.

—Vale. Puedes mirar, pero nada de llevarnos ninguno, ¿de acuerdo? —avisé—. Tener un animal en casa conlleva una gran responsabilidad. Lo sabes, ¿no?

Aquellos perros y gatos se merecían toda la atención del mundo, pero adoptar a uno sin el debido compromiso era inaceptable.

Recordé algo que había pasado mucho tiempo atrás.

Yo era todavía alumna de primaria y vivía con mis padres en Kamakura.

Un día, terminadas las clases, recorrí llena de ánimo el camino que se extendía a lo largo de la línea de ferrocarril Enoden hasta casa. Al entrar, le dije a mi madre casi a voz en grito: «¡Mamá, en casa de una amiga ha nacido un perrito! ¡Pero no puede quedárselo y está buscando a alguien que lo adopte! ¿Nos lo podemos quedar? ¡Por favor!».

Mi hermano pequeño había vuelto a casa antes que yo y se encontraba recostado sobre el tatami. Al oírme, se puso en pie como un resorte y gritó: «¡Sí, sí! ¡Por favor, mamá!».

Mi hermano y yo emprendimos una campaña de presión sobre mamá para que accediera a adoptar el perro. «¡Por favor, por favor!», le repetíamos una y otra vez.

Insistíamos en que nosotros nos encargaríamos de sacarlo de paseo todas las mañanas y todas las tardes, y en que nos ocuparíamos de su comida, que seríamos buenos y haríamos todo lo que hubiera que hacer. Haríamos nuestros deberes del colegio y echaríamos una mano a mamá con las tareas de la casa.

Lloriqueamos y nos pusimos pesados hasta salirnos con la nuestra.

Era un perro encantador, mezcla de razas pero con un aire a shiba inu, de ojos muy redondos.

Su aspecto era plácido, de carácter afable. Nos tenía encandilados.

Y a pesar de ello…

Fuimos buenos e hicimos todo lo que debíamos hacer —lo sacamos de paseo, lo alimentamos, e incluso nos aplicamos con los deberes del colegio y ayudamos a mamá con las tareas de la casa—, pero solo al principio…

Después de un tiempo, mamá tuvo que empezar a encargarse de algunas cosas, de casi todas, y nosotros nos ocupamos prácticamente solo de jugar con él.

«¡Todo era de boquilla!, ¿eh?», nos reprochó papá, que siempre se había opuesto a tener una mascota en casa.

Su enfado nos hizo espabilar y volver a prestar atención a los cuidados diarios del perro, pero nuestra renovada intención se desinfló enseguida y pronto se quedó en nada.

Nuestro querido perrito nos dejó el primer invierno después de mi graduación en la universidad. Fue de muerte natural.

Primero, me mudé a una residencia universitaria, y, después de conseguir trabajo, a un apartamento en la ciudad, yo sola.

No puedo olvidar el impacto que me causó la llamada telefónica de mi madre al darme la noticia de que nuestro perrito agonizaba y estaba a punto de morir.

Se había convertido en un miembro más de la familia.

A partir de ese día, cada vez que algo me traía su recuerdo, lloraba sin remedio.

Su pérdida fue tan dolorosa que juré no volver a cuidar de un perro en mi vida, ni de ningún otro animal.

—Vale, mamá. Solo vamos a mirar un poco, ¿eh?, solo a mirar.

—Bueno, bueno —concedí y nos acercamos a las jaulas.

La mujer miró a Ayu y sonrió, entornando los ojos.

—¡Maestro, mire quién tenemos aquí! ¡La niña más encantadora de la feria!

Era una mujer de mediana edad y rasgos extranjeros. Lucía un hermoso pelo largo castaño, peinado hacia atrás y envuelto en una redecilla. Sobre un vestido beis de una pieza, llevaba puesto un delantal con volantes blancos. Era fácil imaginarla preparando unas galletas o una tarta.

El aludido maestro —una de las personas enfundadas en un disfraz de felpa— se volvió hacia la mujer.

Iba disfrazado de gato tricolor y, a juzgar por su tamaño, la persona que se ocultaba bajo el disfraz debía de ser un hombre. Maullaba como si de un gato auténtico se tratara y admiré con asombro los avances en la técnica de confección de este tipo de traje. Llevaba una camisa blanca y una corbata anudada al cuello, además de un delantal negro. Al vernos, sus ojos se entornaron tras sus gafas en sonriente gesto.

—Buenos días. Bienvenidos.

—¡Buenos días! —contestó Ayu, desbordante de energía, y, sin tiempo que perder, dirigió la mirada a las jaulas.

Los angustiados animales se incorporaron y miraron con ojos llenos de expectación.

—Al verte les ha cambiado la cara —dijo el maestro.

Ayu les echó un vistazo a todos y se agachó ante un perro que debía de ser mezcla de razas. Se trataba de un animal bastante crecido y miraba a Ayu con los ojos muy abiertos.

—Quiero ese perrito. ¿Podríamos adoptarlo? —dijo la pequeña.

—¿Sabes? De niño siempre quise tener un perrito —comentó mi marido.

—¿Eh? ¿Es que vas a ponerte de parte de la niña? —Me llevé una mano a la frente.

—Si nos lo llevamos, no hará falta que me hagáis ningún regalo de cumpleaños ni de Navidad —trató de argumentar mi hija.

—Buena idea, Ayu.

—Tú te callas.

—Eh…, bueno… —acató, obediente, mi marido.

—Ayu, ¿por qué quieres este? Los hay más bonitos, ¿no? Y más pequeños.

De hecho, aquel era el que peor aspecto tenía.

—Es que da la impresión de que es el más pobrecito de todos —explicó.

—Ayu… —Sacudí la cabeza—. Criar un animal no es tan sencillo. Te haces responsable de su vida.

—Responsable de su vida… Parece el trabajo de los dioses —replicó Ayu inocentemente entre risas.

—Qué cosas dices, Ayu —dijo mi marido con un tono de admiración.

Yo preferí guardar silencio. Cosas de críos, pensé. No debo darle importancia. Sin embargo, aquellas palabras de mi hija me causaron una profunda impresión. ¿Era un trabajo de dioses?

Sin decir nada, me agaché ante la jaula del perrito y lo miré con atención.

—Está crecidito, pero es un pedazo de pan —afirmó el maestro—. ¿Quiere abrazarlo?

No esperó mi respuesta. Abrió la jaula y lo tomó en brazos con suavidad. Era asombroso que, enfundado en un disfraz de felpa tan pesado, pudiera desenvolverse con tal diligencia y delicadeza.

Me lo ofreció.

Con cierta reticencia, lo tomé en mis brazos.

Noté la suavidad de su pelo y su calor, y los latidos de su corazón.

Ese tacto…

Era como nuestro perrito. El perrito que tanto nos empeñamos mi hermano y yo en traer a casa y que, luego, dejamos bajo la responsabilidad de mi madre.

Los ojos empezaron a llenárseme de lágrimas y lo abracé con fuerza.

—Sí, es una responsabilidad tan grande como si fuera tarea de los dioses —dije con la voz ahogada.

—Claro —aseveró Ayu con una alegre sonrisa.

Dirigí la mirada al animal y traté de sonreír, sin apenas conseguir más que un gesto de amargura.

Imaginé que Ayu, al igual que había hecho yo de niña, se ocuparía del perrito al principio, para luego dejar toda la responsabilidad en mis manos. No obstante, pensé que tal vez ese era mi destino.

Mi marido posó la mano sobre mi hombro.

Asentí con la cabeza a modo de aceptación y miré al maestro.

—Nos gustaría adoptar a este perro.

Sabía que iba ocurrir. Lo sabía desde el momento en que Ayu me tiró de la mano y dijo que quería echar un vistazo a los animales.

Lo sabía…

Al ver a Ayu levantar los brazos, llena de felicidad, el perro sacudió el rabo como si comprendiera lo que estaba pasando. Me encogí de hombros, esperando haber tomado la decisión correcta.

—Muchísimas gracias —intervino el maestro—. No es solo el perrito el que se alegra de su decisión. Ahora, si me lo permite, voy a explicarle algunos detalles. Mientras tanto, ¿le apetecería tomar algo? —Dirigió la vista al final de la plaza, hacia un remolque de café allí aparcado.

El remolque mostraba, cual emblema quizá, una luna llena, y ante el vehículo que tiraba de él habían colocado un cartel que rezaba: CAFÉ DE LA LUNA LLENA.

—¿Una cafetería ambulante?

—Así es —respondió el maestro—. Si lo desea, puedo servirle un café especial de la casa.

La mujer rolliza parpadeó varias veces al oír al maestro decir aquello.

—Servir café a alguien tan joven no es algo que se vea a menudo… —comentó.

Me encogí de hombros sin entender por qué me veía tan joven, cuando no lo era.

—Es un modo de agradecerle la adopción de nuestro pequeño amigo —continuó la mujer—. Otras veces, opta por lanzar un grito de ánimo al adoptador en el momento de entregar el animal.

¿Un grito de ánimo? ¿Para señalar el punto de partida de una nueva vida junto al perro?

—En cualquier caso, pronto volveremos a vernos —aseguró el maestro—. Permítame que sea entonces cuando le sirva nuestro café especial.

—¿Pronto volveremos a vernos? —repetí sorprendida—. Supongo que se refiere a cuando vengamos para recoger al perro.

—A eso me refiero.

Contenta de cerrar el trato, le dirigí una leve inclinación de cabeza.

—Pero ¿qué le parece a su marido un café con leche y a su hijita un chocolate caliente a la taza?

Tanta ilusión debió de hacerle a mi marido tal ofrecimiento que el rostro se le iluminó.

—Justo lo que necesito. Estos días, ando un poco flojo del estómago y un café con leche me vendrá de maravilla, mucho mejor que un café solo.

—¡Qué rico, un chocolate caliente para mí!

Y así los tres, de la mano, caminamos hacia el Café de la Luna Llena.

CAPÍTULO 1

Fondue de queso de Cáncer
y manzana caramelizada de Sagitario

1

—¡Qué fastidio!

Con el teléfono móvil en una mano, resoplé en medio del alboroto de voces de la oficina.

Había echado un vistazo al calendario del móvil: ¡diciembre estaba a la vuelta de la esquina!

¡Acabábamos de entrar en el otoño y ya casi era diciembre!

—A este ritmo, nos plantamos en Nochebuena en un abrir y cerrar de ojos. ¿Qué puedo hacer?

La chica de la mesa de al lado alargó el cuello.

—Ichihara, ¿algún problema? ¿Otra vez te han liado con más trabajo?

Quien preguntaba con obvia preocupación era Koyuki Suzumiya, la despierta joven que la empresa me había asignado aquel año en curso para echarme una mano con lo que fuera y que ahora formaba parte de mi equipo de trabajo.

Admiraba su firme disposición a ayudar.

—Gracias. No se trata de trabajo, sino de un asunto privado.

Relajó la expresión. Parecía aliviada.

—¿Por la cercanía de las Navidades? —preguntó—. ¿Estás hecha un lío por la cantidad de invitaciones que te llegan?

No pude reprimir la risa al oír aquello.

—Suzumiya, estás en todo, pero... no, no se trata de eso. Has acertado con lo de la invitación, solo que me ha llegado solamente una: de mi novio.

Volví la mirada a mi móvil, que reposaba sobre la mesa. Un mensaje de mi novio llenaba la pantalla.

Satomi, lo que más deseo en el mundo es pasar la Nochebuena contigo. Por favor, haz un hueco para que podamos vernos, por muy tarde que salgas del trabajo ese día.

Naturalmente, Satomi soy yo.

Suzumiya parecía habérselas arreglado para leer el mensaje.

—Siempre se acumula mucho trabajo en la víspera de Navidad. A veces, resulta imposible quedar con nadie —dijo.

—Así es. —Suspiré.

Para alguien como yo, responsable de eventos en una agencia publicitaria, las Navidades son fechas frenéticas, sin tiempo ni para ver a mi novio.

Él lo comprendía.

—Pero dice que no le importa si nos vemos tarde —consideré—. Así que quizá nos las arreglemos.

—Claro, ¿por qué no?

Lo cierto es que se percibía desesperación en el mensaje.

Empezamos a salir durante nuestra época en la universidad y estábamos a punto de cumplir siete años juntos.

De ahí su insistencia. No había duda de que estaba pensando pedirme matrimonio.

—¡Qué fastidio! —Me llevé la mano a la frente.

Suzumiya ladeó la cabeza.

—¿Por qué? —preguntó—. Llevas mucho tiempo saliendo con él. ¿Por qué no ibas a querer que te pida que os caséis?

—Es muy pronto para mí. Mi vida es perfecta como está ahora.

Dirigí la vista a la ventana. La oficina de la agencia se encontraba en un edificio ubicado junto a la estación de Shibuya. Mi vida era como de postal: vivía en un apartamento en Ebisu y, si hacía buen tiempo, acudía en bicicleta al trabajo.

—Tu novio es el mismo chico con el que salías en la universidad de Tsukuba, ¿verdad?

—Sí. Ahora es profesor allí.

—¿Y no te parece genial? —exclamó, cruzándose de brazos.

—Ese es el problema.

Yo venía de la ciudad de Tsukuba, en la prefectura de Ibaraki, lugar donde también se hallaba la Universidad de Tsukuba.

La Universidad de Tsukuba era conocida por el alto número de parejas que en ella se formaban, y que compartían habitación y se casaban después de la graduación. Al menos, se trataba de un rumor bastante extendido, no algo que yo me hubiera sacado de la manga.

«Como es una zona rural de lo más aburrida, a la gente no le queda nada mejor que hacer que emparejarse y casarse», se burlaban algunos. En líneas generales, eso era falso. En realidad allí se vivía muy bien (por más que apareciera entre los últimos puestos de las listas de lugares con encanto de Japón).

Incluso la mujer de mi hermano, que procedía de Kamakura, decía que Tsukuba era una ciudad ideal para vivir.

Ciudad universitaria con numerosos centros de investigación, Tsukuba se constituía como una bella población especialmente dinámica dentro del entorno de Ibaraki, con grandes parques y elegantes tiendas y cafeterías.

Era el lugar perfecto para criar hijos, y no eran pocos los forasteros que se enamoraban de la ciudad y decidían mudarse a ella.

Pero ¿qué le iba a hacer? A mí siempre me habían atraído las grandes ciudades. Aquello me sabía a poco.

Sin embargo..., ¿cómo iba a dejar mi novio un puesto como el de la universidad?

Y, si él no lo dejaba, yo tendría que mudarme a Tsukuba y trasladarme a Tokio a diario.

Había otra opción: la sucursal de nuestra agencia en Tsukuba.

Supuse que me permitirían trabajar allí si solicitaba el traslado.

Lo difícil sería mudarse de la sucursal a la sede principal, pero hacerlo en el sentido contrario no supondría ningún problema.

Así, estaría cerca de la casa de mis padres y ellos se alegrarían mucho, de modo que quizá no fuera mala idea.

Pero me había esforzado lo indecible por conseguir la vida que tenía entonces.

Aspiraba a ser como una de aquellas chicas que veía en la serie de televisión *Las chicas trabajadoras de la ciudad*, que, aunque representaba valores de la época de la burbuja económica, un poco anticuados hoy día, era una serie que me encantaba.

No estaba lo suficientemente dispuesta a desprenderme de aquello.

—No hace falta que te decidas ahora mismo. ¿Por qué no te das un poco de tiempo para pensarlo? Hay un tren rápido que une Tsukuba y Tokio.

—El expreso de Tsukuba, ¿no?

—Ese, ese. Tarda solo cuarenta y cinco minutos en ir de Tsukuba a Akihabara.

—Aun así… —Sonreí poco convencida.

—También existe la opción de que os caséis y él viva allí y tú aquí —propuso Suzumiya, alzando el dedo índice.

Negué con la cabeza.

—Es que, para eso, no me caso; me quedo como estoy ahora.

—Sí, es verdad —aceptó ella, asintiendo, antes de preguntar—: ¿Él es de Tsukuba?

—Qué va. Es de Tokio. Se hartó del ajetreo de la ciudad y se mudó a Tsukuba. Justo lo contrario que yo.

«Me encanta esta ciudad, con tantas zonas verdes», decía, pero pensaba que, cuando llegara el momento de buscarse un empleo, lo haría en Tokio.

Y, mira por dónde…, se quedó en la universidad.

Así era él.

Siempre tan relajado, tan amable y cariñoso.

Yo sabía que la atmósfera de una gran ciudad no le iba bien. Pero me gustaba, a pesar de todo. Valoraba el tiempo que pasaba con él como si de un tesoro se tratase.

No tenía ningún deseo de casarme, pero tampoco lo tenía de romper nuestra relación. De ninguna manera.

Sin embargo, si rechazaba su petición de matrimonio, era posible que nuestra relación se acabase. De ahí mi irritación.

—¡Qué fastidio!

¿Matrimonio? ¿Trabajo? Me encontraba ante una encrucijada.

En ese instante, el teléfono vibró y di un leve respingo.

¿Qué debía decir si era él?

Miré la pantalla, temerosa. El nombre que parpadeó en ella fue el de Junko Ichihara, mi cuñada.

—¡Junko! ¿Cómo es que llamas?

Ella y yo nos llevábamos como verdaderas hermanas. Nos intercambiábamos mensajes a menudo, pero era raro que me llamara por teléfono, o yo a ella, y me pregunté si había ocurrido algo malo.

Me puse en pie con el móvil en la mano y salí al pasillo.

—Junko, ¿todo va bien? —pregunté.

—Satomi, lo hemos pasado de maravilla en el evento que organizaste y quería agradecértelo —fue lo primero que dijo.

—Ya me he enterado de que has adoptado un perrito en el parque de la Ciencia, ¿verdad?

—Sí. Hay bastante papeleo por hacer, así que todavía no me lo han entregado. Pero parece que lo tendremos para la víspera de Navidad. Ayu está como loca de contenta.

—¿No lo habrás hecho por complacerme? Por eso de que yo era la organizadora... —Me incomodaba que aquella pudiera ser la razón.

Junko lo negó con voz clara.

—Fue algo así como el destino. De hecho, quería agradecértelo.

—Ah, bueno... Entonces veo que ese era el motivo de la llamada.

—En realidad..., eh..., de vuelta a casa, nos hemos pasado por el centro comercial Iias y...

Efectivamente, Iias —cuyo nombre completo era Iias-Tsukuba— era el gran centro comercial de la ciudad.

Iias-Tsukuba era tan grande que casi podía considerarse una ciudad en sí mismo, y su variedad de productos disponibles tan larga que daba la impresión de que no había nada que no pudiera comprarse. Cuando era estudiante iba mucho allí, e incluso entonces, cada vez que regresaba para ver a mis padres, no podía faltar una visita a Iias.

—El caso es que he visto a Ryo muy concentrado mirando anillos en la zona de joyería —prosiguió Junko—. Lo saludamos y nos dijo que estaba eligiendo un regalo de Navidad para ti.

Naturalmente, Ryo era mi novio.

«¡Dios mío!», pensé, con los hombros encogidos, mientras escuchaba la voz acalorada de Junko.

Si estaba preparándome una sorpresa especial, encontrarse con Junko habría poco menos que estropeado sus planes. Me extrañaba que la siempre atenta y sensata Junko no hubiera guardado el secreto.

—Sé que no debía contártelo —explicó Junko—. Si lo he hecho es porque siempre dices que todavía es pronto para hacer planes de boda. Por eso he creído conveniente que lo supieras con antelación.

Se me hizo un nudo en la garganta.

Por mucho que quisiera mentalizarme, si él se presentaba ante mí con un anillo de compromiso en la mano, me quedaría absolutamente paralizada.

«Mierda, estoy perdida...», sería lo único que podría decir. Y, con ello, nuestra relación quedaría permanentemente dañada.

Era evidente que, con su advertencia, la propia Junko intuía que Ryo y yo manteníamos posiciones muy diferentes respecto a una futura boda. A pesar de no ser hermanas de sangre, me conocía tan bien como yo misma.

—Gracias por avisarme, Junko.

—De nada, Satomi. Ah, una cosa más...

—¿Sí?

—La última vez que viniste a Tsukuba le dijiste a Ayu que podía visitar Tokio cuando quisiera, que podía quedarse en tu casa y que tú misma serías su guía por la ciudad.

Asentí, un poco aturdida por el repentino cambio de tema.

—Ah, sí, sí.

Efectivamente, lo habíamos hablado en la época del festival del Obon.

«Tía Satomi, Tokio debe de ser muy bonito y elegante, ¿no?», había dicho, llena de entusiasmo, como si fuera una personita mayor a pesar de estar en primero de primaria.

Junko había inflado los carrillos en fingida señal de enfado y había dicho: «Pero, Ayu, ¿ya te has olvidado de cuando fuiste con mamá?».

«Claro que me acuerdo —replicó Ayu con las mejillas infladas, imitando a su madre—. Visitamos el zoo de Ueno».

Yo reía ante ellas, divertida por el diálogo, y no dudé en ofrecerme a enseñarle Tokio a Ayu.

—Desde entonces no hay día que no me diga: «¿Cuándo podré quedarme en casa de la tía Satomi?». Sin embargo, la última vez me ha dicho en tono resignado: «Cuando tengamos el perrito en casa, no voy a poder ir a Tokio a ver a la tía Satomi, ¿verdad?».

—Vaya… —Volví a encoger los hombros. Junko parecía algo contrariada.

Había hecho el ofrecimiento a Ayu con toda ligereza, pero la niña había volcado grandes expectativas en la ocasión.

Habían pasado cuatro meses desde entonces.

Tal vez Ayu llevaba cuatro meses esperando que yo llamara por teléfono para decirle que podía venir.

Me dolía pensar que le había fallado.

Junko no había insistido porque sabía lo ocupada que yo estaba.

—Ay, Junko, lo siento. Todavía no os han entregado el perro, ¿cierto? ¿Por qué no le dices a Ayu que venga el próximo sábado? Estoy libre entonces.

Pensé que era un buen momento, con las luces de Navidad adornando las calles.

—¿No te viene mal? —preguntó Junko, levemente sorprendida.

—Claro que no —contesté, y se me escapó una risita—. Además, no voy a poder ir a Tsukuba por el cumpleaños de Ayu, así que... perfecto. Ese será mi regalo de cumpleaños, un poco antes de tiempo.

—Cuánto te lo agradezco, Satomi. Yo la acompañaré hasta Tokio.

—De acuerdo. Bastará con que la traigas hasta Akihabara en el tren expreso. Yo me acercaré allí para recogerla.

—No te imaginas la ilusión que le va a hacer. ¿Sabes que incluso tiene elegida la ropa que va a ponerse para el viaje a Tokio?

Esto último me llegó al corazón.

¡Tanta ilusión tenía puesta en algo que yo había tomado a la ligera, hasta olvidarlo! Dolida por mi desidia, deseaba disculparme con la niña.

—Decidido, el sábado —confirmé—. Llámame cuando sepas la hora a la que llegáis.

—El sábado. ¡Muchas gracias, Satomi!

Finalizada la llamada, volví a mi mesa.

—¿Tu novio? —inquirió Suzumiya, todavía llena de curiosidad.

Sonreí con patente alivio.

—Tengo plan con otra persona.

—¿Qué? —Sus ojos parpadearon.

—¡Una persona adorable! —Le mostré una foto de mi sobrina.

Ella soltó una carcajada.

—¡Pero qué monada de niña! —exclamó.

—¿Verdad?

—¿Es de tu familia cercana?

—La hija de mi hermano.

—¡Ah, tu sobrina! Yo tengo un hermano mucho menor que yo. ¡Es tan mono también!

—Y es una ventaja esto de poder disfrutar de ellos sin la responsabilidad de tener que criarlos, ¿no crees?

—Tienes razón. —Suzumiya volvió a reír.

—Pues venga, manos a la obra; a trabajar para que podamos permitirnos disfrutar de nuestros sobrinos y hermanos.

Recobrado el ánimo, me volví hacia la pantalla del ordenador.

2

Llegó el sábado.

Como habíamos acordado, nos encontramos junto a los torniquetes de salida de la estación de tren de Akihabara.

Ayu llevaba una trenca y unos zapatos relucientes, y se había ondulado el pelo, normalmente liso. Parecía una muñeca.

La miré, llena de ternura.

—Disculpa la molestia, Satomi —dijo Junko, uniendo la palma de sus manos en un gesto de súplica.

—No es ninguna molestia —respondí, sacudiendo la cabeza—. Yo también estaba deseando que llegara este momento.

—Bueno, entonces la dejo a tu cargo hasta mañana. Para cualquier cosa llámame. Ah, por si acaso…

Me entregó un billete de diez mil yenes y la tarjeta sanitaria de la niña.

—Acepto la tarjeta, pero no me des los diez mil yenes. —Sonreí—. ¿Nos vamos, Ayu? —Y tomé su pequeña mano.

—Pórtate bien con la tía Satomi, ¿de acuerdo, Ayu? —añadió Junko.

—Sí, mamá.

—Satomi, espero que no te dé la lata y que disfrutéis las dos visitando Tokio.

Ayu y yo agitamos la mano en señal de despedida y nos pusimos en marcha.

—¿Dónde te gustaría ir primero, Ayu? —Bajé la mirada hacia ella al preguntarle, y sus ojos me miraron llenos de brillo.

—Al Skytree.

—¿Al Skytree?

Me pilló por sorpresa. Me había dedicado a buscar información de tiendas y cafeterías coquetas que pudieran gustarle a una niña. «Y, al final —pensé—, me ha pedido lo más obvio».

—En mi clase, solo Yuka y yo no hemos ido al Skytree —explicó Ayu con aire enojado—. Y mamá no ha hecho más que insistirme en que no me lo perdiera.

—No me digas... —contesté, aguantando la risa y consiguiendo con ello que me temblaran los hombros. Estaba segura de que Junko tenía tan poco interés como yo en visitar el Skytree.

Me pregunté si, de hecho, Junko aprovecharía aquel día sin su hija para pasear por Tokio.

—¡Rumbo al Skytree! —exclamé.

—¡Sí!

Y aceleramos el paso.

—A ver..., ¿cómo vamos al Skytree desde aquí?

Lo más sencillo era tomar el metro, pero el autobús nos daría la posibilidad de contemplar la ciudad. Caminamos hasta una parada de autobús y, finalmente, tomamos uno de la empresa Toei. Lo bueno era que nos llevaría al Skytree pasando por el barrio de Asakusa.

Ya en el autobús, Ayu no se despegó de la ventana. Alzaba el rostro y abría los ojos tanto como podía. Viniendo de una ciudad pequeña, era inevitable dirigir la vista hacia arriba en Tokio. Al menos, hasta que uno se acostumbraba. Años atrás, cada vez que venía a Tokio, me quedaba deslumbrada por la altura de los edificios y la energía desbordante de la ciudad, y deseaba aún con más fuerza mudarme aquí.

Ni que decir tiene que ya no alzaba la vista.

Pensándolo bien, hacía tiempo que no disfrutaba del entorno y que solo caminaba con la vista puesta en el suelo…

Empecé a sentir rabia por ello y me reí de mí misma.

Al cruzar el río Sumida, surgió ante nosotras el Skytree y Ayu se puso a aplaudir.

—¡Qué grande! ¡Fantástico! ¡Increíble! —exclamó al tiempo que le brillaban los ojos.

Me di cuenta de que también era la primera vez que yo veía el Skytree desde tan cerca.

—Sí, ¿verdad? —Y asentimos las dos a la vez con la cabeza.

Algunas personas sonreían en el autobús, conmovidas por la ilusionada inocencia de la niña. Quizá debíamos parecerles madre e hija, recién llegadas de una zona rural. Si hubiera sido su verdadera madre, quizá me habría sonrojado ante la atención generada, pero era su tía…, así que solo deseaba sonreír, al igual que los demás.

—Ayu, ponte ahí.

—Vale.

Habíamos llegado al Skytree y quise tomar una foto de recuerdo.

Ayu frunció el ceño al ver la larga cola de gente que aguardaba para entrar.

—Ayu, ¿nos ponemos a la cola para entrar o prefieres que vayamos a otro sitio?

—Solo quería ver el Skytree de cerca, así que ahora podríamos ir a otro sitio.

—¿Sí?

—Sí. Una amiga me ha dicho que por dentro no es nada del otro mundo.

En parte tenía razón: desde fuera, el edificio impresionaba por su altura, pero dentro era como un centro comercial.

—Bien, ¿adónde vamos ahora?

—¡A Harajuku!

Por la rapidez de la respuesta, deduje que lo traía todo bien pensado desde casa. Primero el Skytree, ahora Harajuku… Desde luego, no sería por lugares tópicos… Pero no importaba. Sería su guía fuéramos a donde fuésemos.

—¡Rumbo a Harajuku!

Y así lo hicimos.

3

—¡Aah! ¡Parece un desfile! —exclamó encandilada Ayu en cuanto salimos del metro de Harajuku y nos plantamos ante la calle Takeshita.

Cualquier lugar de Tokio estaba abarrotado de gente, pero es verdad que Harajuku en concreto era lo más parecido a un desfile que uno podía encontrarse.

La estrecha calle, con sus curiosas tiendas apostadas a ambos lados, podía recordar el pasaje de acceso a un templo.

Ayu debía de sentirse como flotando en un sueño.

—Qué bonito, qué bonito —decía. Le brillaban los ojos y caminaba a saltitos.

Al divisar una tienda de crepes, se volvió a mí haciendo ondear el bajo de su falda.

—Tía Satomi, ¿puedo comprarme una? He traído dinero de mi paga.

—Sí, pero te invito.

Compré dos y nos las comimos en la calle, al frío del invierno.

Después pasamos un buen rato en Kiddy Land, y, cuando quisimos darnos cuenta, el mediodía había quedado atrás.

—Debes de tener hambre, Ayu.

—Qué va.

El entusiasmo debía de haberle quitado el apetito.

—Ayu, hoy quería llevarte a un lugar muy especial.

—¿Un lugar muy especial?

—Está cerca de donde vivo. Es un lugar reluciente y precioso.

Bastó que dijera eso para que Ayu se pusiera a dar saltitos.

—¡Vamos, vamos!

Volvimos a la estación de metro de Harajuku y tomamos la línea Yamanote en dirección a Ebisu.

El paseo de Garden Place, en Ebisu, debía de ser en aquel momento una deslumbrante exhibición de luces de Navidad.

Estaba atardeciendo, y pensé que ya se podría disfrutar del espectáculo de luces.

El lugar estaría casi intransitable de tanta gente que habría, pero supuse que no tendríamos ningún problema para admirar la iluminación.

En cinco minutos, llegaríamos a la estación de Ebisu.

Al llegar, oímos la música del anuncio de cerveza Ebisu mientras avanzábamos por interminables pasillos. Gracias a la pasarela móvil del Sky Walk, Ayu no se cansó apenas.

Garden Place era un gran complejo de oficinas y comercios, ubicado donde antes había estado la antigua fábrica de cerveza Sapporo.

Los platos fuertes de Garden Place en invierno eran su iluminación navideña, compuesta por más de cien mil bombillas, y su lámpara de araña, la más fastuosa del mundo, fabricada por la marca francesa Baccarat, sin olvidar el gigantesco árbol de Navidad instalado en la plaza del Reloj, al fondo de la avenida.

Ayu temblaba de emoción ante las miles y miles de luces que iluminaban el paseo.

—Aah —decía, admirada.

—Es asombroso, ¿eh?

Tan asombroso como la enorme cantidad de gente que se daba cita allí por el mismo motivo que nosotras. Todavía no había anochecido, de manera que el número de personas no había llegado aún a su máxima cota.

—Asombroso —repitió Ayu, asintiendo con la cabeza.

—Recuerdo una serie de televisión de cuando era pequeña en que salía esta plaza del Reloj. Mientras la veía, pensaba que algún día yo también viviría aquí.

Era un anhelo inocente.

Más tarde, a partir de cierto momento, aquella simple idea se transformó en un auténtico deseo, en un objetivo sólido.

Y ahora podía decir que había cumplido aquel sueño.

Aquel día, al visitar aquel mismo lugar con mi sobrina, sentí una emoción profunda, pero también cierta amargura.

De un modo u otro, deseaba poder llegar a encargarme de eventos e instalaciones como aquel que teníamos ante nosotras. No, no, por nada del mundo dejaría mi trabajo, pensé mientras en mis labios se perfilaba una sonrisa tensa.

—Es como si estuviéramos paseando por la Vía Láctea, ¿verdad?

—Qué cosas tan bonitas dices, Ayu.

Nos tomamos fotos ante el árbol de Navidad y, después, continuamos por el paseo en leve pendiente hasta la plaza Central.

—¡Bueno! ¡Ahora sí que tengo hambre! —exclamé, enderezando la espalda, al llegar a la plaza.

—Yo también —coincidió Ayu.

—Bien, ¿adónde vamos?

Sería mejor decidirse y reservar de antemano. Estaba pensando en ello cuando Ayu lanzó una exclamación.

—¡Ah!

—¿Sí?

—Justo ahora, un gato blanco con mucho pelo nos ha hecho una indicación de que lo sigamos —explicó la niña, haciendo el gesto con la mano.

Iba a preguntarle que qué tontería era aquella cuando me volví y, efectivamente, vi la mullida cola de un gato persa alejarse, abriéndose paso entre la multitud.

Sorprendentemente, nadie parecía prestarle atención al gato.

Ayu y yo nos miramos y nos pusimos a caminar detrás del felino.

Siguiéndolo, llegamos a una plaza donde había un restaurante cuya fachada recordaba el frente de un castillo.

De pronto, el bullicio de gente se había calmado, como el mar después de la marejada, y se podía caminar con mayor ligereza.

El cielo había adoptado una gradación de tonos que iban del bermellón al azul oscuro y, sobre este, una gran luna hacía acto de presencia.

Más abajo, el restaurante con forma de castillo dominaba la plaza. Y, en medio de esta, reposaba inmóvil el remolque de una cafetería ambulante.

CAFÉ DE LA LUNA LLENA, decía el cartel instalado ante esta.

El gato persa que habíamos entrevisto unos instantes antes descansaba sobre una mesa ante el remolque, haciendo ondear su cola de aspecto esponjoso.

—¡El gato de antes! —exclamó Ayu.

En cuanto Ayu dijo aquello, el gato se puso en movimiento una vez más y desapareció tras la puerta del café.

—Esa cafetería —musitó Ayu— también estaba en la plaza donde adoptamos el perro…

Lo dijo como hablando para sí.

—Ah, ¿sí?... —contesté.

Supuse que se refería al festival del parque de Tsukuba. Yo misma me había ocupado de su organización, pero desconocía los detalles de cada puesto y de cada evento.

—Es lo bueno de las cafeterías ambulantes. Pueden instalar su remolque en cualquier lugar —le expliqué, sin llegar a entender cómo habían podido meter un coche con un remolque en aquella ubicación.

Contemplé la curiosa cafetería con la cabeza ladeada mientras nos acercábamos a ella.

—Bienvenidas.

La voz pertenecía a un enorme gato tricolor de unos dos metros de estatura que acababa de salir del remolque y nos invitaba a sentarnos. Vestía una camisa blanca y una corbata, y llevaba un delantal anudado a la cintura.

—¿Eh? —Me quedé atónita.

—Este gato también estaba —dijo Ayu sin separarse de mí.

—¿En el parque?

—Sí. Lo llamaban maestro.

—Ah... —Suspiré aliviada. Una cafetería ambulante regentada por alguien enfundado en un disfraz de felpa, a quien llamaban maestro... Me hice una idea de ello. Aun así, me sorprendió lo bien hecho que estaba el disfraz.

—Por favor, tomen asiento —dijo el maestro gatuno, extendiendo la mano hacia las sillas y mesas colocadas frente al remolque.

El paseo que habíamos recorrido hasta llegar allí seguía bullendo de gente. Y, sin embargo, en la plaza donde nos encontrábamos no había ni una sola alma aparte de nosotras, por raro que pareciera.

«¿Qué está pasando?», me pregunté, desconcertada.

—Buenas noches. Algo que esté rico, por favor —dijo Ayu, rebosante de confianza, mientras se sentaba en una de las sillas.

Esbocé una sonrisa tensa y le puse una mano sobre el hombro a Ayu.

—Tráiganos la carta, si hace el favor —solicité, dirigiéndome al maestro.

—No, no. Así no funciona el Café de la Luna Llena —explicó este—. Nosotros no atendemos pedidos, sino que servimos algo especial para cada cliente, ya sea bebida, comida o postre.

—Así es —confirmó Ayu, asintiendo con la cabeza—. Es lo mismo que dijo la otra vez: «No atendemos pedidos».

—Vaya, vaya, esto sí que es saber crear expectación —comenté sin salir de mi perplejidad. Qué seguros de sí mismos estaban en aquella cafetería.

—Por regla general, solo abrimos las noches de luna llena y las de luna nueva. Esta noche de hermosa luna hacemos una excepción.

Supuse que la excepción se debía a que estábamos en fechas navideñas.

Quizá el dueño no lo hacía por negocio, sino por afición. Al fin y al cabo, era una cafetería que solo abría dos veces al mes y que no aceptaba pedidos por parte de los clientes.

—Bien, nos ponemos en sus manos —repuse y también tomé asiento.

El maestro miró a Ayu en primer lugar y soltó una risita sofocada.

—Me alegro de verte de nuevo —dijo.

—Gracias. Ah, y gracias también por el perrito. Estoy deseando que nos lo entreguen.

—Gracias a ti. Ahora, si me lo permitís…, vuelvo en un momento. —Y se metió en el remolque.

Ayu y yo nos preguntábamos qué delicioso plato o bebida nos traería.

Al poco, dos hermosas y esbeltas mujeres se presentaron ante nosotras.

Una era morena; la otra, rubia.

Ambas llevaban el pelo recogido atrás y vestían sendas camisas blancas y delantales negros.

La mujer rubia tenía los ojos azules y la morena de color violeta. Quizá se trataba de lentillas de colores.

—Disculpen la espera.

Con aire resuelto, pusieron dos vasos de agua y dos platos sobre la mesa. Los platos contenían brócoli, zanahoria, calabacín, patata, calabaza, raíz de loto, además de salchichas vienesas, beicon en gruesas lonchas, gambas y pedacitos de pan francés. En el centro, colocaron un hornillo de pequeño tamaño y, tras encenderlo, una sartén sobre él. La sartén contenía una espesa capa de queso fundido.

—¡Una *fondue* de queso!

Tanto a Ayu como a mí, los ojos nos hicieron chiribitas.

—Así es. *Fondue* de queso de Cáncer, a partir de hortalizas bañadas por el sol y queso empapado de luz de luna. Buen provecho —dijo la mujer rubia, esbozando una sonrisa luminosa.

A continuación, la mujer morena sirvió una botella de vino.

—Vino de polvo de estrellas —anunció con expresión impasible y tono monótono—. Espero que le guste.

Parecía una mujer reservada, de carácter serio.

Sin esperar a que yo dijera nada, me sirvió una copa de vino blanco. Miles de estrellitas titilaron en su interior, pese a no tratarse de un vino espumoso.

—Y para la joven —dijo la rubia, dirigiéndose a Ayu—, zumo de día y noche.

Le guiñó un ojo y procedió a servirle el zumo.

El color del zumo era una suave y bonita mezcla, entre amarillo y color uva.

Ayu y yo acercamos el rostro a la copa.

—¡Qué bonito! ¿Es zumo de uva?

—Sí. Pero no solo de uva. También lleva limón.

—¿Limón? —Ayu arrugó la nariz—. No me gusta lo ácido.

La mujer rubia rio discretamente.

—No te preocupes. Es limón criado bajo el mejor sol, con una refrescante y agradable dulzura. La uva con que está elaborado ha dormido bajo la luz de la luna y ello le ha proporcionado una dulzura intensa.

—Ah, de ahí viene lo de «zumo de día y noche» —comprendí.

—Muchas gracias —dijo Ayu, con brillo en los ojos.

—Adelante. Buen provecho —dijeron ambas, inclinando la cabeza.

La mujer morena, a paso ligero, y la rubia, despidiéndose de Ayu con la mano, se volvieron hacia el remolque de café.

Las miré alejarse. Ambas podían haber pasado por actrices de Hollywood.

—Tía Satomi, ¿brindamos? —propuso Ayu, tomando su copa.

Volví la mirada a Ayu.

—¡Claro! —Sonreí y alcé mi copa.

La copa de Ayu era también para vino, pero diferente a la mía, de un aspecto más sólido y con el tallo más corto, de manera que no parecía que fuera a romperse si se caía al suelo.

—Ayu, con tu copa pareces una persona mayor, ¿eh? —comenté.

La niña estaba contentísima de disponer de una copa para ella, y verla así me llenaba de alegría.

Probé un sorbo del vino de polvo de estrellas. Estaba frío.

Tenía un sabor picante. Por lo demás, me dejó un sabor dulce.

Cerré los ojos.

—Qué rico. Qué bien entra.

Ayu también probó su zumo.

—Mmm. Está riquísimo, nada ácido. —Y esbozó una sonrisa de oreja a oreja.

—¿Probamos la comida? —propuse.

—Sí.

—¡Que aproveche! —dijimos, uniendo las palmas de nuestras manos, y a continuación cogimos sendos tenedores para la *fondue*.

Pinchamos pan francés e introducimos nuestros tenedores en la sartén para untarlo. El queso fundido se estiraba y brillaba al alzar los tenedores y llevárnoslos a la boca.

Tenía la textura densa de un queso añejo, pero no resultaba nada pesado; al contrario, dejaba un suave sabor lechoso en la boca.

Era, sin duda, un sabor que gustaba tanto a niños como a adultos.

Qué maravilla. ¿Qué procedencia tendría el queso? Mientras trataba de adivinarlo, sorbía el vino.

En ese instante, me percaté de la perfecta combinación de sabores que surgía al unir el vino con la *fondue* y me llevé la mano a la boca, casi de manera involuntaria.

«No puedo creerlo», pensé mientras caía en un irresistible sopor.

En aquel momento…

—¡El maestro! —exclamó Ayu.

Levanté la vista en el instante en que el maestro gatuno salía del remolque con una bandeja en la mano. Se acercó hasta la mesa y colocó un plato sobre ella.

Contenía unas pequeñas y bien redondeadas croquetas.

—Les traigo un plato de croquetas de crema del signo de Cáncer, el perfecto acompañamiento para la *fondue* de queso de Cáncer. Están deliciosas también bañadas en queso.

—Me pregunto si estas croquetas de crema del signo de Cáncer son, de hecho, croquetas de crema de cangrejo —inquirí.

—Así es —respondió el maestro.

Sentí alivio.

—Estaba preguntándome por qué nos sirve unas croquetas de crema del signo de Cáncer, cuando nos encontramos bajo el signo de Sagitario —expliqué—. Supongo que es solo porque vienen como acompañamiento de la *fondue*.

El maestro entornó los ojos al sonreír.

—Correcto —dijo—. Pero hay otra razón: su luna está a punto de entrar en Cáncer.

—¿Cáncer? No soy Cáncer. Soy Escorpio.

—Señorita, en astrología, la luna es tan importante como el sol. Ambos deben tenerse en cuenta al elaborar una carta astral. ¿Me permite que le muestre la suya?

—¿Eh? —exclamé estupefacta.

El maestro extrajo un reloj de su bolsillo y le dio cuerda. La cubierta de cristal lanzó un destello y proyectó sobre el cielo nocturno la imagen de un círculo con subdivisiones a lo largo del perímetro.

—¡Ooh! —exclamó Ayu, entusiasmada—. ¡Parece magia!

—Sí, es mágico —asentí, reprimiendo las ganas de afirmar que parecía un holograma.

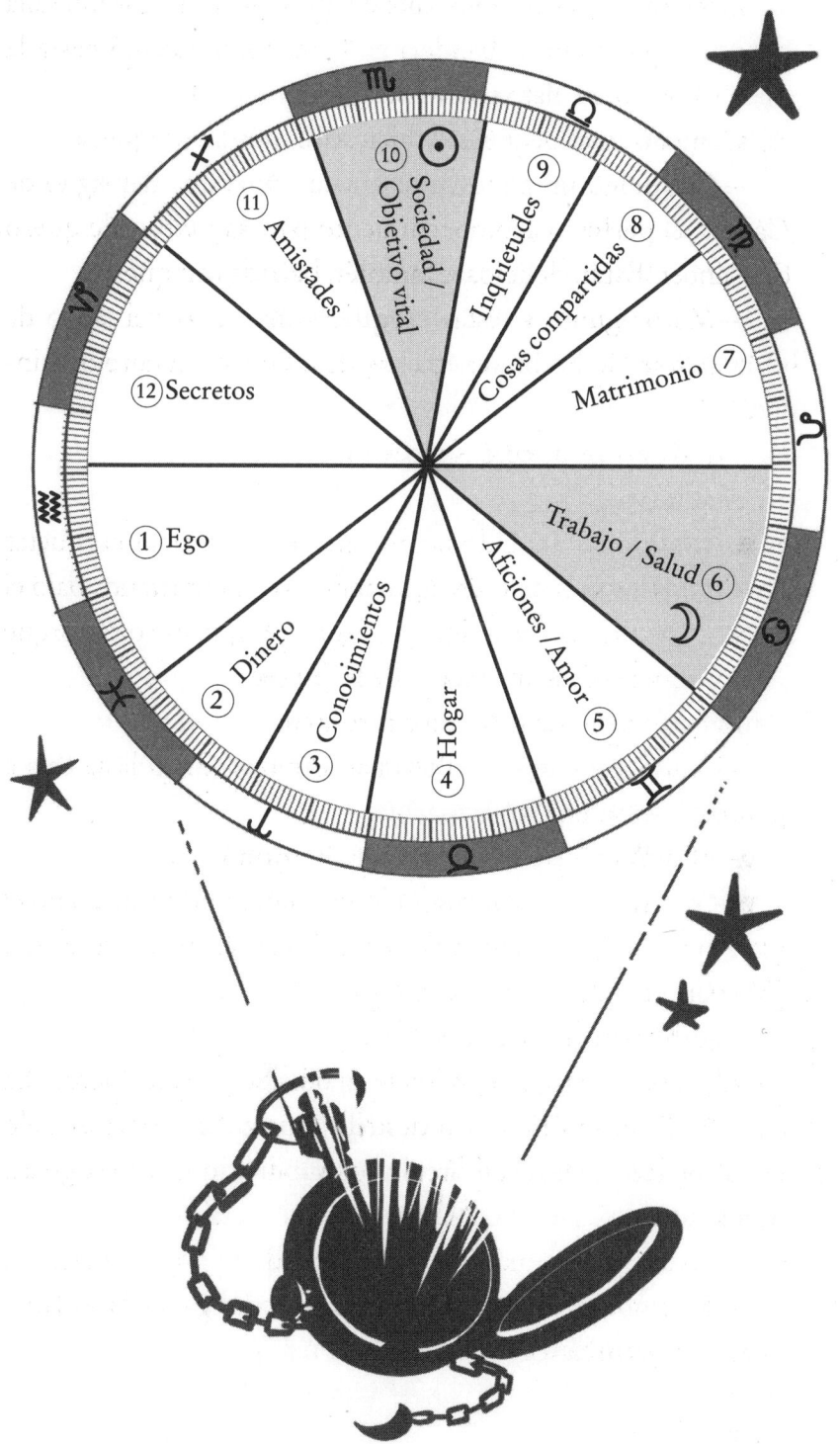

Aquel diagrama circular proyectado sobre el cielo era un horóscopo.

La superficie del círculo se dividía en doce segmentos, cada uno de ellos numerado del uno al doce.

La luna ocupaba el segmento número 6 y el sol, el número 10.

—Mire, el sol ocupa la Casa 10. Como ve, es la casa situada en la parte superior de su carta astral, la de sociedad y objetivos vitales. El sol situado en esta casa es símbolo de personas fuertemente motivadas por el éxito profesional. Quienes, además, han nacido bajo el signo de Escorpio son personas que no escatiman esfuerzos en el estudio y que se exigen mucho en el trabajo.

Sumida en la más completa perplejidad, asentí con la cabeza.

—Por otro lado, el sol simboliza lo masculino y mueve a la mujer a sentir un gran respeto y admiración por la figura paterna, así como a proyectar una fuerte expectativa del mismo tipo hacia un posible marido.

Carraspeé, sintiéndome levemente aludida.

Mi padre era profesor, aunque ya se había jubilado.

Y era verdad que lo admiraba con toda mi alma.

—En cuanto a la luna…, mire, está en la Casa 6, la casa que indica trabajo. Según la carta astral, lo que le da a usted tranquilidad es precisamente trabajar y estar ocupada día tras día. Sol en la Casa 10 y luna en la 6… Usted lleva el trabajo en el tuétano de los huesos.

—Hum. —Asentí con la cabeza, absorta en las palabras del maestro.

—Sin embargo, su signo lunar es Cáncer, lo que significa que usted necesita refugiarse en un lugar más para sentirse en paz.

Reparé en el símbolo correspondiente a Cáncer, contenido en la estrecha área del perímetro que rodeaba la Casa 6.

—¿Hay un signo lunar aparte del signo habitual?

—Así es —respondió el maestro asintiendo con la cabeza—. Ese al que llama signo habitual es el signo solar. Su signo solar del zodiaco, Escorpio, es el que la representa por fuera, algo así como su tarjeta de presentación. Sin embargo, el lunar queda oculto a los demás, es el de su esencia, el de su instinto, el que representa su vida interior. El suyo es Cáncer. Usted se sentirá a gusto siempre que se encuentre en un ambiente acorde con su signo lunar, Cáncer.

¿Cuál sería el tipo de ambiente acorde con Cáncer? Miré inquisitiva al maestro.

—Maestro, ¿a qué se refiere?

—Veamos... —Y, entonces, el maestro pasó a relatar las cualidades del ambiente al que se refería.

Aunque hasta ese momento había entendido todo lo que el maestro había explicado, cuando trató el tema en cuestión de Cáncer no comprendí prácticamente nada.

—Eh... —Suspiré, un tanto desanimada.

En ese instante, Ayu, inclinándose hacia delante, se dirigió al maestro.

—Señor Gato, ¿y qué puede decirnos de mi signo del zodiaco? Yo soy Sagitario. Nací el 20 de diciembre, así que pronto será mi cumpleaños.

El maestro sonrió con aire de conocer aquella fecha de antemano.

—Querida Ayu, tu signo lunar es también Sagitario. Pues bien, hemos preparado el postre adecuado para tal circunstancia: delicioso pastel de Sagitario. Adecuado también para alguien como usted, señorita, de signo lunar Cáncer. Espero que esta sea una noche propicia para que descubran sus deseos más profundos.

El maestro inclinó la cabeza en un gesto de reverencia y se alejó.

—¿Deseos profundos? —Fruncí el ceño.

Ayu volvió a inclinarse hacia delante, con los ojos chispeantes de ilusión.

—Tía Satomi, las croquetas también están riquísimas.

—Ah, sí.

Pinché una de ellas, redonda como un planeta, y la bañé de queso. Al morderla, la cremosidad de la croqueta y la del queso se unieron en mi boca, realzando mutuamente su delicioso sabor.

—Qué rico, qué rico —repetimos ambas varias veces, al unísono.

Terminada la *fondue*, llegaron los postres.

Manzana caramelizada de Sagitario, presentada con mucho azúcar de polvo de estrellas espolvoreado por encima y con la flecha de Sagitario clavada en la parte superior.

El baño de caramelo brillaba, con el azúcar de polvo de estrellas despidiendo centenares de destellos dorados.

La flecha era comestible y podía cortarse fácilmente con el cuchillo. El corazón de la manzana había sido extraído por arriba y el hueco estaba relleno con miel, de modo que el conjunto cedía sin oposición apenas a la presión del cuchillo.

Al cortarla, se descubrían las dos capas que conformaban el dulce: el exterior era frío y crujiente mientras que el interior se había transformado en una compota.

El baño de caramelo y el azúcar espolvoreado eran el complemento perfecto para aquellas dos capas. La miel, de densa textura, se mezclaba con la pulpa de la manzana, y dicha mezcla se fundía en la boca en delicioso sabor, tanto que apreté los puños de placer.

—¡Está riquísima! —exclamó Ayu al probarla—. No tiene nada que ver con las manzanas caramelizadas que he comido en alguna feria.

—Ni con las que yo había probado antes —convine.

—¿Será que esto, en realidad, no es manzana caramelizada?

—Sí que lo es. Pero, dependiendo de cómo se haga, puede cambiar el sabor.

—¡Es increíble!

—Pues sí. Desde luego, está de lujo. Nunca había probado una igual.

Dimos cuenta de nuestro postre y quedamos muy satisfechas de toda la velada.

4

«Ha sido como un sueño», pensé distraída, exhalando una nubecilla de vaho. Acabábamos de dejar atrás Garden Place.

Al terminar la cena y ponernos en pie, había pensado lo mismo, en vista de que nos habíamos encontrado de repente con la plaza llena de gente y de que yo me había vuelto hacia el remolque para pagar la cuenta y no había encontrado allí nada parecido a una cafetería ambulante.

¿Qué debíamos hacer en una situación como aquella? ¿Irnos tranquilamente, sin pagar?

En cualquier caso, la cafetería había desaparecido…, de modo que ¿qué otra cosa podíamos hacer?

Me había quedado pensativa, dándole vueltas a aquella cuestión con la cabeza inclinada, cuando Ayu me tiró de la mano.

—Mira, tía Satomi, un autoservicio de los que abren las veinticuatro horas.

Volví a la realidad y asentí con la cabeza.

—¿Compramos algo? —propuse.

—¡Sí! ¡Me encantan los autoservicios!

Entramos y compramos pan para el día siguiente y algunos dulces para comer más tarde, en mi apartamento.

—Si mamá me viese comer dulces de noche, se enfadaría —comentó la niña, con cierta preocupación, al salir de la tienda.

Reí y apoyé el dedo índice sobre los labios.

—Será nuestro secreto. A cambio, te cepillarás bien los dientes antes de acostarte, ¿trato hecho?

—¡Trato hecho! —replicó Ayu, llena de determinación.

Mi apartamento —básicamente, un pequeño estudio— estaba a poca distancia de la estación de metro. Podíamos caminar hasta allí.

—¡Aah, qué bonito! —exclamó Ayu, con ambos brazos en alto.

En parte era porque había hecho limpieza con motivo de la visita de Ayu, pero también porque —en el transcurso de mis aspiraciones por llevar una vida urbana— había desarrollado cierto gusto decorativo.

—Ayu, dormirás ahí. ¿Qué te parece? —Señalé hacia el espacio abuhardillado donde tenía mi cama.

—¿Ahí? ¡Genial! ¿Y tú, tía Satomi?

—Yo dormiré aquí abajo. Pero antes tenemos que brindar. ¡Por nuestro día en Tokio!

—¡Por nuestro día en Tokio!

Ayu extrajo los dulces y las bebidas de la bolsa y los colocó sobre la mesa. Ella había comprado un zumo de uva y yo, una cerveza.

—¡Salud!

Brindamos, cada una con su bebida.

—¿Te gusta el zumo de uva? —pregunté.

—Me gustó tanto el de la cafetería de antes que me han entrado ganas de más. Aunque este no tiene mezcla…

—Supongo que ese zumo que te tomaste no lo tienen en ningún sitio más que allí.

—Yo también lo supongo —convino Ayu, moviendo la cabeza arriba y abajo, y, con una risita, añadió—: Aquella mujer tenía el pelo de color limón.

—Es verdad. Un pelo muy bonito, como la luz del sol. Y la mujer morena tenía los ojos de un bonito color uva.

Ambas eran la viva imagen del zumo que habían servido a Ayu.

—La del pelo color limón era muy simpática y expresiva —reflexionó Ayu—, mientras que la morena era bastante vergonzosa.

—¿Vergonzosa?

A mí me había parecido una mujer seria, sin más.

—Sí, muy vergonzosa —insistió Ayu.

A mi sobrina se le daba muy bien captar el carácter de la gente, y, si estaba en lo cierto, no es que a aquella camarera morena le gustara darse ese aire de persona fría, impasible e inexpresiva, sino que... era simplemente tímida. La idea me hizo gracia y sonreí.

—Ayu, qué capacidad de observación tienes.

—¿Observación? —replicó extrañada.

—Bueno, Ayu, ¿y qué tal te va en el colegio? —pregunté, cambiando de tema—. No es igual que la guardería, ¿eh?

—Claro que no es igual. Ya somos mayores —dijo, tomando aire ruidosamente por la nariz y enderezando la espalda.

—Pues el último día de guardería lloraste porque querías seguir allí.

—Eso fue hace mucho tiempo. —Frunció los labios.

—¡Hace mucho tiempo! —Se me escapó una carcajada.

A continuación, Ayu pasó a contarme, con gran entusiasmo, los más recientes asuntos y anécdotas del colegio.

—Y lo que hice entonces fue… —Mi sobrina relataba un hecho tras otro, hasta que, vencida por el cansancio acumulado durante todo el día, empezó a frotarse los párpados.

—Ayu, va siendo hora de dormir. Vamos a cepillarnos los dientes.

—¡Sí!

Y, mientras se los cepillaba, seguía frotándose los párpados.

Habría estado bien darse un baño, pero, con el sueño que tenía, tal vez era mejor dejarlo para la mañana siguiente. Mientras pensaba en ello, acosté a Ayu en la cama de la buhardilla.

Volví abajo y se me ocurrió echar un vistazo al correo electrónico. Encendí el ordenador.

Al poco, desde arriba, llegó un sonido como de sollozos.

Levemente asustada, subí la escalera.

—Ayu, ¿ocurre algo?

Para mi sorpresa, mi sobrina lloraba con la cabeza hundida en la almohada.

Un poco confundida, me tumbé a su lado y le acaricié la espalda.

—Ayu, ¿te duele algo?

Negó con la cabeza.

—Mamá… —gimoteó.

—Ayu…

Era una niña tan formal y parecía tan madura… Pero era solo una niña.

Ante la inquietud y los temores que la noche aviva, Ayu echaba de menos a su madre.

—No te preocupes. Mamá vendrá mañana a recogerte.

Se volvió para mirarme.

—Tía Satomi…

Su cabecita estaba junto a mi pecho. Llena de ternura, le acaricié el pelo.

Ayu lo había pasado muy bien durante el día, pero había acabado echando mucho de menos a su madre.

Yo también era así de niña.

Cuando iba a dormir a casa de alguna amiga, lloraba en la cama y, en alguna ocasión, mis padres tuvieron que venir a recogerme.

Entonces lloraba aferrada a mi madre, no a mi padre.

Mi madre se dedicaba de manera exclusiva a la casa.

Yo me alegraba de que siempre estuviera en casa, pero creo que ella se sentía demasiado atada.

Verla así, tan servicial con mi padre, me hizo desear convertirme en una mujer independiente cuando me hiciese mayor.

Fue entonces… Mi hermano se casó a los veinticinco años con la chica con la que había estado saliendo en la universidad: Junko, también de veinticinco años.

Eran muy jóvenes y ambos trabajaban.

Mantenían una relación de igualdad y se respetaban mutuamente.

Formaban un matrimonio envidiable.

Deseé lo mismo para mí y ambos se convirtieron en mi modelo a seguir.

Sin embargo, Junko no se quedaba embarazada y empezó a sufrir por ello.

Por lo visto, siguió un tratamiento médico durante largo tiempo.

Los esfuerzos dieron sus frutos y llegó Ayu. A pesar de la feliz noticia, todo aquello me pareció muy complicado.

Una vez que dio a luz, Junko dejó el trabajo y se dedicó al hogar por completo.

No cabía duda de que Ayu era una niña tranquila y dócil, pero en edad lactante se pasaba las horas llorando. Yo veía aquello y me resultaba inconcebible: ¿cómo podía alguien tomar la decisión de dejar el trabajo para dedicarse en exclusiva a cuidar de un hijo?

Sin embargo, en aquel momento pude comprender a Junko.

Por supuesto, para Ayu no había nada en el mundo más importante que su madre. Con ella deseaba pasar cada minuto, cada segundo. Eso era lo más precioso para la pequeña.

Y, sabedora de ello, a Junko no le había importado dejar atrás su bien encarrilada carrera profesional.

Abrazada a aquel cuerpecito, cerré los ojos. Escuché su respiración pesada. Había conciliado el sueño.

—Envidio un poquito a Junko —susurré suavemente.

Las palabras del maestro del Café de la Luna Llena resonaron distantes en mi cabeza.

5

Al día siguiente, llevé a Ayu a la estación de tren de Akihabara.

—¡Ayu! ¡Satomi!

Junko estaba esperándonos frente a las taquillas de entrada en la estación. Debía de haberse apremiado para llegar antes de la hora que habíamos acordado.

—¡Mamá!

En cuanto la niña vio a su madre, se lanzó corriendo a abrazarla.

—¿Qué tal lo has pasado, Ayu?

—¡Muy bien! ¡Hemos ido al Skytree y a Harajuku! ¡Y hemos cenado *fondue* de queso delante de un castillo!

Ayu relataba los acontecimientos del día, uno tras otro, sin respiro, mientras su madre decía: «¿Sí?, ¿sí?», y asentía con la cabeza.

—Satomi, no sabes cuánto te lo agradezco —dijo, volviéndose hacia mí.

—No hay de qué. —Sacudí la cabeza—. Yo también he disfrutado de lo lindo.

—Pero el día entero…, tienes que haber acabado cansada. Muchas gracias por todo. —Se agachó y miró a Ayu a los ojos—. Ayu, ¿no vas a darle las gracias a la tía Satomi?

—¡Sí! —Y, mirándome, inclinó la cabeza reverencialmente y dijo—: Tía Satomi, muchísimas gracias por llevarme a tantos sitios.

—Muchas gracias a ti también. —Incliné la cabeza del mismo modo.

—Bien, ¿nos vamos? —propuso Junko.

—Sí. Hasta luego, tía Satomi.

Mientras se alejaban, Ayu seguía agitando la mano hacia mí, radiante de alegría.

—¡Hasta luego, Ayu! —También yo, sonriente y con el pecho henchido de una emoción indescriptible, agité la mano en señal de despedida.

Sentí la satisfacción y el alivio de haber devuelto a la pequeña a los brazos de su madre, y experimenté cierta libertad tras la misión cumplida.

Pero lo que se superpuso a lo demás fue una desmedida sensación de pérdida.

Los ojos se me llenaban de lágrimas…

Contemplé su pequeño cuerpecito alejarse, sus dos coletas mecerse.

La nariz se me humedecía.

Ayu debió de imaginar que la seguía con la mirada, porque se volvió de nuevo y agitó la mano con más fuerza que antes.

—¡Adiós, tía Satomi!

Y yo, atenazada por una melancolía que me ahogaba, también agité la mano tan ampliamente como pude hacia ella.

No debía llorar.

¿Por qué razón iba a llorar?

Simplemente, había acogido a mi sobrina bajo mi responsabilidad y bajo mi techo durante un día y una noche, y ahora la pequeña volvía a su casa.

Nada más que eso.

Pero, apenas las perdí de vista, rompí a llorar, como si algo se hubiera quebrado dentro de mí.

No comprendí por qué lloraba.

Lo único que sabía era que, por las mejillas, me corrían regueros cálidos de lágrimas.

Entonces caí en la cuenta: «Espero que esta sea una noche propicia para que descubran sus deseos más profundos».

Aquellas habían sido las palabras del maestro cuando habló acerca de Cáncer. Había señalado la inclinación al hogar y a la familia de quienes se encontraban bajo dicho signo.

Con el sol en la Casa 10 y la luna en la Casa 6, yo era una persona con ambiciones profesionales.

Por otro lado, la luna bajo el signo de Cáncer señalaba anhelo de hogar y familia.

Por fin comprendí aquello que no había entendido cuando me lo explicó el maestro.

Quizá explicaba las fuertes ganas que a veces me sobrevenían de visitar a mis padres.

No, no. Un momento...

Aquello tenía un sentido más profundo.

Ese repentino deseo de huir que a veces sentía debía de estar indicándome algo.

Me estaba engañando a mí misma.

Por fin empezaba a darme cuenta de haber llegado al límite de mi vida centrada exclusivamente en el trabajo.

Me gustaba el trabajo, pero estaba quedándome sin combustible.

Y era en aquellos momentos de clarividencia cuando echaba de menos a mi novio y sentía el vivo deseo de visitar a mis padres.

A pesar de ello, la palabra «boda» seguía produciéndome escalofríos.

Pero, al ver a mi madre y a Junko, volvía a tener claro que debía elegir entre la familia y el trabajo.

Y entonces siempre me decantaba por el trabajo. Me gustaba y era un sueño hecho realidad.

Aun así, albergaba un deseo dentro de mí, un deseo del que no podría deshacerme.

Desde lo más profundo de mi corazón, deseaba formar mi propia familia.

El encuentro con el maestro en el Café de la Luna Llena me había permitido reconocer aquello que llevaba dentro y que no había percibido con claridad hasta esa tarde.

Aquella aspiración que con tanta fuerza había perseguido se había convertido en mi maldición.

Había sido hechizada por la convicción de que, si aspiraba a algo con semejante intensidad, debería proporcionarme la más completa felicidad.

Y había una maldición más que se había abierto paso en mi interior.

Era la siguiente: «*Tienes* que elegir entre trabajo o familia. Compaginar ambos es un lujo inasequible».

Se trataba de un hechizo escurridizo, imperceptible.

Quizá aquella noche tan especial con Ayu había logrado romper aquel hechizo.

—No darse cuenta de lo que el corazón le dice a uno… —susurré mientras me secaba las lágrimas.

Entonces sonó una notificación en el teléfono móvil.

Era un mensaje de mi novio.

Hola, Satomi. Es por lo de Nochebuena.
¿Qué hacemos? Ya sabes que no
me importa si terminas tarde en el trabajo.

Me llevé la mano a la boca. ¡Había olvidado responderle!
Me sentí animada y procedí a escribir la respuesta:

Perdona el retraso en responderte. El día 24,
tratará de terminar en el trabajo lo antes posible.
¡Nos vemos entonces!

Deseaba pasar un día especial junto a él.

Enseguida me envió un emoji de agradecimiento.

Me entraron ganas de llorar de nuevo.

Nunca cambiaría el hecho de que me encanta mi trabajo y de que adoro Tokio.

No podría arrojar por la borda todo aquello por lo que había luchado a lo largo de mi vida. Ni siquiera por él.

Sin embargo…, deseaba formar una familia con él.

Y, para conseguirlo, ambos tendríamos que dialogar sobre los pasos que habríamos de dar a partir de entonces.

De momento, no tenía ni idea de cómo nos las arreglaríamos.

Lo que sí sabía era que no huiría. Las cosas solo se resolverían si afrontábamos el problema juntos y buscábamos una solución en común.

Yo necesitaba ambos: el trabajo y la familia.

Sí, tener las dos cosas sería un lujo —un lujo como la manzana caramelizada del Café de la Luna Llena—, pero no veía otra opción para mí.

Había nacido bajo aquellas estrellas y debía asumirlo.

—En fin, de momento debo concentrarme en disfrutar de la Nochebuena.

Me enjugué las lágrimas y, con la sensación de que estas habían arrastrado, llevándosela, toda mi angustia, me puse en marcha.

CAPÍTULO 2

Mont Blanc de luna nueva
y una noche mágica

1

Perdí a papá en un accidente de tráfico en Navidad, cuando yo tenía ocho años.

Con dieciséis, en las mismas fechas, llegó un nuevo papá a casa. Y cuando cumplí dieciocho, de nuevo en Navidades, nació mi hermano pequeño.

Se me hizo un poco cuesta arriba vivir en casa y, al empezar la escuela profesional, me independicé. El tiempo pasó volando y ahora, a mis veintidós años y ya graduada, afrontaba el inicio de mi vida como adulta.

Detestaba el día de Navidad.

—No te preocupes. Yo me acerco a la avenida comercial —le dije a mi jefa Satomi Ichihara con una amplia sonrisa. Mi nombre es Koyuki Suzumiya.

Satomi arqueó las cejas en un gesto de disculpa.

—¿De verdad no te importa?

—De verdad, Ichihara. Vete tranquila. Supongo que tienes plan con tu novio esta noche.

Satomi mantuvo su expresión de circunstancias.

La miré firmemente y le dije:

—El trabajo es importante, pero también lo es tu vida fuera del trabajo.

—Pero, Suzumiya, ya que lo dices, ¿qué hay de ti? Hoy es Nochebuena, ¿no tienes ningún plan especial?

—¡Claro que lo tengo! Pero para bien entrada la noche.

—¿Has quedado con tu novio tan tarde?

—No tengo novio.

—¿Y qué has planeado para la noche?

—Seguir la retransmisión en directo, a medianoche, del especial de Navidad de mi cantante favorito. Llevo tiempo deseando verlo. Hasta entonces me encargaré yo de todo el trabajo pendiente. Además, la paga por horas extras me vendrá de maravilla, de modo que encima debería agradecértelo.

Satomi pareció respirar aliviada.

—Bueno…, te tomo la palabra —dijo—. ¿Estás segura de que quieres encargarte del trabajo que queda por hacer?

—Estoy segura —repuse, enderezando la espalda.

—Bien. ¿Sabes? Creo que, desde que entré en esta empresa, es la primera víspera de Navidad en que voy a salir del trabajo a la hora ordinaria de oficina.

Se llevó la mano al pecho como si ella misma no pudiera creerlo.

Reí levemente y asentí.

—Estos son los días más complicados para la organización de eventos, ¿verdad? —dije casi como si me refiriese a otra empresa, quizá precisamente porque me sentía ajena al mundo de los festejos navideños.

Yo, que era una estudiante promedio, en vez de continuar mis estudios siguiendo la senda fácil de la universidad, me matriculé en una escuela profesional de negocios y traté de aprender lo más posible.

No obstante, después de graduarme, la búsqueda de trabajo no fue como esperaba y acabé aceptando un puesto temporal con la esperanza de que me hicieran fija más adelante.

Habían pasado dos años.

Puesto que me había formado en una escuela profesional, mi puesto temporal se me quedaba pequeño, pero, después de pasar por varias empresas, todavía no había conseguido una oferta como empleada fija.

Y últimamente… lograr un contrato fijo había empezado a parecerme un sueño inalcanzable.

Así, había acabado en el departamento de organización de eventos de aquella agencia publicitaria.

Lo de organización de eventos puede sonar a espectaculares montajes para grandes medios de comunicación, pero nada más lejos de la realidad: por mi empresa no pasaban proyectos de tal calibre.

Aquellos días, la mayor parte de los encargos en los que trabajábamos provenían de municipios de distinto calibre y de asociaciones de vecinos.

«Miren, tenemos este proyecto para montar en este distrito y nos gustaría que nos echaran una mano». Y nosotros nos poníamos manos a la obra.

Preparábamos también los folletos y, en definitiva, todo lo que tuviera que ver con la publicidad del evento.

Nos reuníamos con los clientes, escuchábamos su plan y hacíamos preparativos preliminares con ellos, pero, a partir de ahí, todo el trabajo recaía en nosotros.

Pese a que puede parecer un poco desfasado en esta época de internet, a menudo debíamos acudir a la inauguración y hacer los correspondientes saludos. Sin embargo, el hecho de hablar cara a cara con las personas involucradas acababa dejando una huella importante. Mi jefa Ichihara siempre decía que cada nuevo proyecto era una continuación del anterior.

—Pero, Suzumiya, me sabe mal dejarte sola con todo este trabajo. Encima de que fuiste en mi lugar a la inauguración del evento de Ibaraki…

Unos días antes, algunos de nosotros nos habíamos presentado en Ibaraki, en la ciudad de Tsukuba, para el evento de despedida del año: el Festival de la Cosecha. Ichihara también iba a ir, pero debido a un imprevisto de última hora acudí yo, que estaba libre, en sustitución.

—No te preocupes. Echaré una mano con lo que sea —aseguré.

—Por cierto, lo de la adopción de animales fue idea tuya, ¿verdad? —dijo ella, esbozando una sonrisa.

—Sí. Y el siguiente evento también ha sido idea mía —afirmé—. Espero que te quede un buen recuerdo de mi paso por el departamento.

Satomi se quedó pensativa. Mi contrato finalizaba en marzo del siguiente año.

—Así que, si me lo permites —insistí—, yo misma me encargaré de ir al lugar del nuevo evento. —Sonreí traviesa y me eché mi bolso al hombro.

—No sabes cuánto te lo agradezco.

—Confía en mí. —Hice una reverencia de despedida y salí de la oficina.

Al atravesar el pasillo, oí una conversación a mis espaldas.

—Qué buena disposición tiene siempre Suzumiya.

—Sí, está con contrato temporal, pero levanta el ánimo de todo el departamento.

Eran palabras halagadoras, en principio... Tomé el ascensor y mi rostro se ensombreció. «Qué buena disposición. Es la que anima el lugar», escuchaba allá donde iba.

Puede que tuvieran razón. Yo siempre había sido así.

Ese era mi personaje.

Desde el ascensor acristalado, veía Shibuya a mis pies. En aquellas fechas de fin de año, el barrio era una efervescencia multicolor, y más aún al llegar la noche. Ciertamente, un vistazo bastaba para admirar la belleza resplandeciente de sus calles. Pero si uno observaba con atención, descubría la fina capa de suciedad que cubría el lugar.

Las puertas del ascensor se abrieron con un sonido metálico. Forcé una sonrisa y salí al vestíbulo de la planta baja. El edificio estaba conectado a la estación de Shibuya mediante un acceso directo. Tomé la línea Yamanote y, por fin, respiré aliviada.

2

Después de un trayecto de aproximadamente media hora, me apeé en la estación de Nippori y me interné en la avenida comercial Yanaka Ginza.

Mientras avanzaba por la calle, me topé con la mascota oficial de la zona, un adorable gato negro, y admiré los grandes árboles fabulosamente adornados y a los niños, que disfrutaban de lo lindo.

—Le agradezco enormemente que haya venido. Gracias a su dedicación, este evento está resultando todo un éxito.

Quien había hablado era el líder de la agrupación de comerciantes que había propuesto el evento, un hombre anciano, todavía en sus primeros años de vejez. Llevaba puesto un gorro de Papá Noel e inclinó alegremente la cabeza a modo de reverencia.

—Soy yo quien se alegra de que haya salido bien. —Le devolví la reverencia y dirigí la mirada al fondo de la calle.

¡NAVIDADES EN LA AVENIDA COMERCIAL!, rezaba la gran pancarta horizontal colgada en lo alto.

Una buena cantidad de personas se había dado cita allí, la mayoría vecinos que lucían gorros de Papá Noel y luminosas sonrisas. Abundaban especialmente los niños.

Entre ellos, eran muchos los que, por las más variadas circunstancias, no podían pasar las Navidades con sus padres. Pensando en esos niños y en que no les faltara el espíritu navideño, la empresa había colaborado con los colegios del barrio para organizar un encuentro navideño en la avenida comercial.

—La sonrisa de los niños es la mejor garantía del éxito del evento, ¿verdad? —comentó, también sonriente aunque un poco ruborizado, el líder de la agrupación de comerciantes—. Nuestra avenida no siempre necesitó del turismo para su supervivencia. Supongo que sabe que las avenidas comerciales de todo el país están pasando por momentos difíciles.

Asentí con la cabeza, forzando una sonrisa.

Ciertamente, las galerías y las calles comerciales habían perdido el esplendor de antaño. Hoy día, lo raro era encontrarse con una calle de este tipo concurrida y llena de animación.

—Por eso se impone la necesidad de volver a atraer a los vecinos. Los comerciantes debemos contribuir a recuperar el espíritu del barrio, colaborar con los vecinos y mostrarles que somos parte de su vida. Por supuesto que seguiremos dando la bienvenida a los turistas y a los forasteros, pero no podemos depender más de ellos. Debemos centrar nuestros esfuerzos no en los visitantes esporádicos, sino en la gente que forma parte de nuestro barrio, en convertirnos en parte de su entorno familiar.

—Comprendo —dije, asintiendo con la cabeza.

—Por cierto, antes de que llegase usted, recibí un mensaje de Ichihara.

—Ah, Ichihara… Estaba muy preocupada por no poder venir —aseveré rápidamente, a modo de disculpa.

El anciano mostró una sonrisa afable.

—En su mensaje, aclaraba que el mérito del evento dirigido a los niños que no pueden pasar las Navidades junto a sus padres es suyo, señorita Suzumiya.

—Tanto como mérito… —Me mordí los labios justo cuando me disponía a explicar que lo único que había hecho era lanzar una idea y que Ichihara la había aceptado.

—Quite, quite, no sea modesta —zanjó el anciano—. Fue una idea acertadísima. Jamás imaginé que hubiera tantos niños que no pueden pasar la Nochebuena con sus padres, ya sea porque ambos trabajan o porque solo viven con uno de los dos progenitores… En fin, por las más diversas razones. Los niños son el tesoro de nuestros barrios y espero que podamos brindarles la oportunidad de quedarse aquí para continuar su educación. No es fácil, lo sé. Al menos, hemos aportado nuestro granito de arena para que guarden un bonito recuerdo de este día tan especial.

Con su Abono de Nochebuena, los niños podían pasearse por la multitud de puestos y tiendas de la avenida comercial y comer cuanto quisieran, además de disfrutar de la feria y de una proyección de cine.

Gracias al trabajo y la colaboración de tantas personas, aquella idea mía —apenas un susurro cuando la expresé— se había hecho realidad y convertido en la ilusión de tantos niños.

—Señorita Suzumiya, le estamos muy agradecidos. —Volvió a inclinar la cabeza.

Los ojos se me humedecieron y también yo incliné la cabeza en una profunda reverencia.

—Soy yo quien debe estar agradecida. No duden en contar conmigo para lo que sea —dije haciendo el gesto de remangarme.

Decidí permanecer allí hasta el final de las celebraciones, echando una mano con lo que fuera necesario. Ni me lo pidieron como favor ni me sentí forzada a hacerlo, pero sabía que era la mejor decisión cuando se trabaja en equipo.

El anciano negó con la cabeza.

—No es necesario que se quede. Tenemos personal de sobra.

—Pero...

—Señorita Suzumiya, hoy es un día especial. Páselo con alguien importante en su vida —dijo sonriente.

Sin saber qué contestar, me limité a esbozar una sonrisa ambigua.

—Elija la tarta de Navidad que más le guste de la avenida comercial y llévesela a casa —propuso el anciano.

Después de agradecerle la idea, negué con la cabeza.

—Me temo que no hay nadie esperándome en casa y que no podré terminármela yo sola —lamenté.

—No me diga —contestó, y se encogió de hombros algo apesadumbrado.

Supongo que le habría causado mejor impresión si me hubiese limitado a aceptar el ofrecimiento. Normalmente lo habría hecho, agradeciéndolo con entusiasmo, aun a sabiendas de no poder terminarme la tarta entera. Pero aquel «Páselo con alguien importante en su vida» me había desarmado.

Traté de dejarlo correr y esbocé una amplia sonrisa.

—Se lo agradezco igualmente y prometo venir de nuevo, por mi cuenta, a esta avenida comercial.

—Por favor. Será recibida con los brazos abiertos.

Le dirigí una nueva reverencia con la cabeza y me alejé caminando.

Mientras atravesaba la calle, volví a ver el gato mascota del lugar y no pude menos que sonreír. Dejé atrás la calle y, de camino a la estación, me topé con unas escaleras, en cuyo inicio había un cartel que decía: YUYAKE DANDAN.

—Así que estas son las escaleras conocidas como Yuyake Dandan... —murmuré para mis adentros mientras empezaba a subir los escalones—. No me había dado cuenta a la ida.

A medio camino, noté calor en la espalda y me detuve. Me volví. Era el momento exacto de la puesta de sol.

Los escalones de piedra se habían teñido de la luz naranja del crepúsculo y, más allá de la escalera, en la distancia, se divisaba la entrada de la avenida comercial. Hasta donde yo me encontraba llegaban todavía, lejanas, apenas audibles, las risas de los niños, y el paisaje, en conjunto, mantenía intacto el encanto del periodo Showa.

El crepúsculo era tan hermoso que hacía palidecer la iluminación navideña. Me parecía estar presenciando un milagro y, abrumada, sentí de nuevo ganas de llorar. Me llevé la punta de los dedos a los lagrimales, tratando de contener el llanto.

En ese instante, noté una vibración proveniente del bolsillo del abrigo: mi teléfono móvil.

Se trataba de un mensaje de mi madre.

¡Feliz Navidad, hija! Muchas gracias por el regalo para Sei.
Me dijiste que en Nochebuena estabas ocupada,
pero ¿vendrás a casa mañana, día de Navidad?
También Sei dice que le gustaría ver a su hermana mayor.

El mensaje incluía una foto de mi hermano pequeño, que aún no había cumplido los cinco años. Se mostraba risueño, con su gorro de Papá Noel, mientras sostenía el tren de juguete que le había regalado.

Ambos habíamos nacido en un mes de diciembre: él, el día 23, yo el 18. Aparte de que nuestros nombres, Koyuki y Sei,* eran un reflejo de ello, una de las ventajas de haber nacido en esas fechas era que el regalo de cumpleaños servía también de regalo de Navidad.

Me aparté a un lado de la escalera y, con dedos ágiles, tecleé la respuesta.

> Me alegro de que le haya gustado a Sei.
> ¡Qué gracioso con su gorro de Papá Noel! A ver
> si puedo ir. Tengo un montón de trabajo. Bueno,
> ¡feliz Navidad!

Como de costumbre, trataba de que mis palabras sonaran alegres y de que reflejasen mi cariño por mi hermanastro y mi padrastro. Por supuesto, no olvidé finalizar con la rúbrica de «¡feliz Navidad!».

Suspiré y continué subiendo los escalones. Se escuchaban canciones de Navidad. Familias y parejas iban y venían.

Y de pronto, como un soplo de viento en el pecho, me invadió una profunda nostalgia. Me mordí el labio inferior y sentí el dolor producido por mis dientes sobre la piel reseca.

Chasqueé la lengua con cierto fastidio. ¿Por qué me sentía así, cuando estaba convencida de haber dejado atrás toda tristeza?

---

* Koyuki y Sei significan en japonés «pequeña nieve» y «Navidad», respectivamente. (N. del T.).

Quizá el buen recibimiento otorgado por aquel anciano líder de la agrupación de comerciantes y la alegría de quienes paseaban por la avenida me habían llegado al corazón.

Siempre me había refugiado en mis amigas para borrar cualquier atisbo de tristeza, pero ellas pasaban las Navidades con sus novios o en familia.

Yo no tenía ni lo uno ni lo otro. Para ser exactos, sí tenía familia, pero, entre el nuevo marido de mi madre y el hijo de ambos, no la reconocía como propia.

Sin siquiera un empleo fijo, yo era un ave migratoria.

Llegué al final de la escalera y volví a suspirar.

Ocurrió entonces. Un coro de voces alegres y resueltas llegó hasta mis oídos.

—¡Acérquese a nuestro evento navideño!

Preguntándome si se referirían a la avenida comercial, me giré y entonces me llevé una buena sorpresa. Ante mí había dos hombres jóvenes, de aspecto extranjero y extraordinario atuendo, que entregaban folletos a la vez que hablaban en un japonés excelente.

Uno de ellos llevaba el pelo teñido de un extravagante color rosa, con tono dorado en las puntas. El otro era un joven de rostro inexpresivo, pelo plateado y aire andrógino. Ambos entregaban folletos.

A pesar de su extravagancia, tenían buena presencia y resultaban muy atractivos. Sin embargo, la gente pasaba de largo sin hacerles caso, como si fueran invisibles.

Me pregunté si serían de una agencia de modelos y si tal vez estaban tratando de reclutar a gente joven. Extrañada en cualquier caso por su apariencia, los observé de reojo.

Solo un transeúnte de entre treinta y cinco y cuarenta años, enfundado en un traje, tomó uno de los folletos.

—¿Se animaría a dejarse conmover por el arte en Navidad?

El hombre se mostró interesado.

¿Serían folletos sobre venta de cuadros? Por eso tanta gente pasaba de largo e incluso evitaba cruzar su mirada con la de los dos sujetos, no les fuera a caer encima la compra de una pintura de precio astronómico.

Mientras el transeúnte asentía, el joven de pelo rosa y puntas doradas se dirigió a mí.

—Señorita, tome uno —dijo, mostrando un diente torcido en la sonrisa al tiempo que me alargaba un folleto.

Sobresaltada, abrí los ojos como platos.

«Visite las luces de Navidad del Museo de Escultura de Asakura», decía el folleto.

—El Museo de Escultura de Asakura… —susurré, recordando que se encontraba en el barrio de Taito.

—No tiene más que caminar un poco desde aquí —explicó el joven, señalando un mapa impreso en el folleto.

Tratándose de un museo, no parecía que hubiera gato encerrado. Además, no me apetecía volver a casa sin hacer nada más, así que decidí pasarme. ¿Por qué no? Y, dicho y hecho, con la vista puesta en el folleto, reanudé la marcha.

Efectivamente, tal y como había dicho el chico, apenas bastaban unos minutos para llegar a pie desde las escaleras Yuyake Dandan hasta el museo, que albergaba la obra realizada por el escultor Fumio Asakura entre las eras Meiji y Showa.

Una sinuosa entrada de paredes negras daba la bienvenida a un edificio que aunaba el estilo arquitectónico japonés con el occidental, en una curiosa mezcla de antigüedad y modernidad.

En sintonía con las celebraciones navideñas, un sinfín de luces decoraba los árboles y los arbustos del jardín y, aunque la hora habitual de cierre era las cuatro y media de la tarde, el lugar permanecía abierto para la ocasión.

A pesar de ello, había pocos visitantes.

Obviamente, aquellas luces no podían competir con la espectacularidad de la iluminación urbana y tampoco se trataba de un lugar que mucha gente conociera.

Por eso, precisamente, estarían repartiendo folletos aquellos dos pintorescos jóvenes.

El hombre del traje —el mismo que había cogido uno de los folletos y se había mostrado interesado— me adelantó y entró en el edificio delante de mí.

Agucé la vista. Me parecía haberlo visto antes, en algún lugar, pero ¿dónde? Al no conseguir recordarlo, resoplé.

—No tiene importancia.

Al entrar en aquel recinto no demasiado amplio, reparé en un remolque aparcado a un lado. Tenía la imagen de una luna llena colgada al frente.

Se mirase como se mirase, aquello era una cafetería ambulante.

El ambiente era acogedor, pero no se veía a nadie en su interior.

¿Habrían estado sirviendo cafés durante el día? Extrañada por la presencia de aquella cafetería, dirigí mis pasos al interior del edificio.

3

Para entrar en el museo había que descalzarse, cosa poco habitual en tales lugares.

Metí los zapatos en una bolsa de plástico, pagué la entrada y me entregaron una breve guía de visita, además del tíquet.

Antes de comenzar la visita, eché un vistazo a la guía y leí unos apuntes biográficos sobre el escultor Fumio Asakura.

Nació en la prefectura de Oita durante la era Meiji, y tanto su actividad escultórica como su vida se extendieron hasta bien entrada la era Showa. Después de graduarse en la Escuela de Bellas Artes de Tokio (hoy día, Universidad de Artes de Tokio) en el año 40 de la era Showa, se convirtió en una de las figuras más relevantes de la escultura japonesa, llegando a ser el primer escultor condecorado con la Orden de la Cultura.

Dejé escapar un susurro de admiración.

Por fin entré en la primera sala y me topé con una gran escultura de un hombre en traje y con poblado bigote sentado en una butaca. Sin quererlo, me quedé paralizada.

En un primer momento, su aspecto me recordó al presidente Lincoln.

Leí que el modelo para la escultura había sido el estadista y diplomático de la era Meiji Komura Jutaro. A continuación, reparé en la efigie de Okuma Shigenobu, cuya fuerza también me dejó sin respiración.

No entendía de arte, pero capté la capacidad del escultor Fumio Asakura para imprimir en sus obras el aura de su modelo original, y, como tocada por el halo de aquellos grandes hombres, proseguí con mi visita al museo.

Por lo visto, aquel mismo edificio había sido el estudio de Asakura, además de su vivienda.

Pasé por su pequeña oficina y, a continuación, atravesé un pasillo entablado, al fondo del cual había una puerta de cristal con numerosos listones. A través de una ventana, descubrí un jardín interior: un jardín tradicional de estilo japonés impecablemente cuidado.

Mientras que hasta entonces el edificio había mostrado una arquitectura retro de influencia occidental, propia de la era Showa, a partir de aquel punto se producía un repentino salto a un estilo marcadamente japonés.

Subí a la primera planta y miré hacia abajo, en dirección al jardín. En el estanque, unas enormes carpas de colores nadaban parsimoniosamente.

«Esta área del museo es como un típico hotel caro de estilo tradicional japonés —pensé. Se trataba, desde luego, de un edificio y de unas vistas maravillosos—. Nunca imaginé que, en medio de una zona residencial, podría esconderse un lugar tan magnífico».

Llena de admiración, lo recorría todo con la vista mientras caminaba. En un momento determinado, descubrí que se podía salir a la azotea, así que me calcé los zapatos y me dispuse a subir por la escalera que conducía al exterior.

Antes de subir, sin embargo, atisbé otra sala donde también había obra expuesta, justo bajo la azotea, y decidí saltarme el recorrido marcado en la guía para echar un vistazo por mi cuenta.

Al parecer, aquella estancia recibía el nombre de sala de las Orquídeas y había servido de invernadero en tiempos pasados. Un techo triangular de vidrio coronaba el espacio, flanqueado por paredes con ventanas circulares. Todo, paredes y techo, era de un blanco prístino que hacía justicia al nombre del lugar: Sala Blanca.

«O, tal vez, sala de los Gatos», pensé mirando a mi alrededor.

Efectivamente, las únicas esculturas presentes allí representaban gatos.

Gatos durmientes, gatos acechantes, gatos que parecían tan vivos que creía oírlos respirar.

Fumio Asakura debía de profesar un gran cariño a los pequeños felinos.

«Me alegro de haber venido», pensé, sintiendo cierta emoción en el pecho.

Me dispuse a subir al jardín de la azotea. Había sido, según leí, uno de los primeros jardines de azotea de Japón.

Al llegar, me detuve y abrí los ojos sorprendida: había anochecido por completo y el cielo había adquirido una profunda tonalidad azul, haciendo resaltar las luces parpadeantes que adornaban los arbustos del jardín.

Más aún me sorprendí al descubrir un cartel que decía: CAFÉ DE LA LUNA LLENA. Sobre este, habían colocado el siguiente anuncio: «Apertura extraordinaria por Nochebuena». En el angosto espacio libre del jardín, habían instalado un pequeño puesto con dos asientos.

—¡Bienvenida!

La voz provenía de quien parecía ser el dueño de la cafetería. Llevaba puesto un enorme disfraz de gato de felpa, además de un delantal. Dos hermosas mujeres de rasgos extranjeros también me dieron la bienvenida, sonrientes.

Una era morena; la otra, rubia.

Me percaté también de la presencia de los dos extravagantes jóvenes que entregaban folletos: el del pelo rosa y dorado y el del pelo plateado.

—¡Ah! ¡Ha venido! ¡Cuánto nos alegra! —exclamó acercándose a mí, sonriente y mostrando su diente torcido, el muchacho de pelo rosa y dorado. Me rodeó los hombros con su brazo.

—¡Uranos, la señorita va a creer que tratas de aprovecharte de ella...! —le recriminó la mujer morena.

—¡Ay, lo siento! —se disculpó él, separando inmediatamente el brazo—. Por favor, tome asiento —dijo, caballeroso esta vez, extendiendo el brazo hacia una de las sillas.

—Gracias —contesté con una tímida sonrisa mientras me sentaba.

Aunque hubiera podido parecerlo, no había improvisación en la disposición de cada detalle. Al contrario, aquel puesto era magnífico.

La otra silla estaba ocupada por otro cliente.

Era el hombre trajeado que había visto minutos antes y, quizá, en alguna ocasión anterior.

Sí, lo había visto en algún lugar, tiempo atrás, pero no lograba recordar dónde.

Era muy atractivo; debería acordarme en caso de haberlo visto antes...

Lo miré a hurtadillas, pero me topé con su mirada y aparté de inmediato la vista.

—Buenas noches —dijo.

Le dirigí una torpe sonrisa.

—Ha pasado mucho tiempo desde la última vez —continuó.

—¿Eh? —se me escapó.

—¿No se acuerda?

Lo miré con atención y carraspeé.

Me sonaba. Sí, lo había visto en algún lugar, quizá en alguna de las empresas en las que había trabajado con contrato temporal..., pero no podía recordarlo con exactitud. Sentí cierto apuro por ello.

Además de no acordarme de quién era, tampoco sabía cómo comportarme en una situación así. Me agobié y noté que los ojos se me llenaban de lágrimas.

—Perdone. No quería molestarla —dijo en tono de disculpa, sin borrar por ello de sus labios una plácida sonrisa. No encontré nada en él que me hiciera desconfiar.

—¿Dónde... nos hemos visto antes? —pregunté tímidamente.

Él abrió mucho los ojos y rompió a reír.

—¿Pero lo dice en serio? ¿De verdad no se acuerda de mí? Vaya, qué lástima. —Me encogí de hombros—. Bueno, qué se le va a hacer. —Pareció rendirse—. ¿Vive por aquí ahora? —preguntó como si tal cosa.

Meneé la cabeza ante el inesperado cambio de tema. Parecía muy convencido de conocerme.

—No, esto me ha pillado de paso, volviendo del trabajo...

—Comprendo. Entonces, luego celebrará la Nochebuena de algún modo.

—No. Vivo sola y no tengo novio. Poco que celebrar...

Me di cuenta de que contestando así podía hacerle creer que estaba tratando de dar pena y, más aún, animándolo a que me invitara.

Me desagradaba que pudiera malinterpretarme, pero él, de pronto, adoptó un gesto apesadumbrado.

—Entiendo… —dijo en apenas un hilo de voz.

Incliné la cabeza, preguntándome por qué habría reaccionado así.

—Entonces… ¿qué le parece si hacemos de este encuentro aquí nuestra celebración de Nochebuena?

—¿Eh? —Parpadeé varias veces.

Sin un instante que perder, alzó la mano para llamar al dueño disfrazado de gato.

—Sírvanos algo, por favor.

—Por supuesto. —Hizo una pequeña reverencia y se alejó.

Miré al hombre.

—¿Sírvanos algo?

—Es que aquí, por lo visto, no aceptan pedidos de los clientes.

—¿Cómo es posible?

—Sirven algo que se adapte a las características de cada cliente.

—Pero no conocen nuestros gustos, ni si tenemos alergia a algún alimento… —planteé seriamente.

—Buena observación. —Rio—. Bastará con decirle: esto no puedo tomarlo o no me gusta.

—No me veo capaz de ser tan directa.

—Ah, ¿no?

—No. ¿No se me vería como desagradecida si lo hiciera?

Forcé una sonrisa y me pregunté por qué hablaba así con alguien a quien no conocía, por más que me sonara su cara.

Quizá precisamente por eso… Porque no lo conocía.

Bajé la mirada. Al poco, una de las camareras se acercó a paso ligero. Era una joven rubia, de mirada dulce de ojos azules y belleza hollywoodiense.

—Buenas noches. Me presento: soy Afrodita, pero a menudo me llaman Afro. Puesto que tenemos el equipamiento abajo, tendrán que disculparnos que tardemos un poco más de lo normal en servirles. —Y nos ofreció dos vasos de agua.

Me acordé del remolque aparcado dentro del recinto del museo.

—Ah, se refiere al remolque de café que hay abajo, ¿verdad? —comenté.

Inclinó la cabeza en señal de asentimiento y alzó alegremente el dedo índice.

—Mientras les sirven, ¿le importaría que le hiciera una pregunta? Hay algo que desearía saber.

—¿Se refiere a mí? —pregunté.

—Sí. Con su permiso… ¿Conoce usted su deseo más profundo?

Me quedé atónita.

—¿Mi deseo más profundo…?

Afrodita movió la cabeza resueltamente de arriba abajo.

—El maestro nos ha asegurado que en esta nueva época va a cobrar especial importancia conocer los propios deseos, los más auténticos y profundos. ¿No lo cree usted también necesario? ¿No le parece que casi todas las personas creen, engañosamente, conocerlos? —Hablaba el japonés con fluidez y le di la razón, asintiendo con la cabeza—. Selene, la otra camarera, la morena, dice que la mayor parte de la gente cree saber lo que quiere, pero que, si profundiza en su interior, se da cuenta de que no lo sabe. ¿Cuál es su opinión al respecto?

Me crucé de brazos casi involuntariamente y me pregunté si tenía una clara respuesta. ¿Sabía lo que realmente quería, de corazón?

Lo primero que afloró en mis pensamientos fue lo siguiente:

—Bueno…, me gustaría que me tocara la lotería…

El hombre sentado en la silla contigua estalló en una carcajada mientras Afrodita fruncía el ceño con extrañeza.

—¿Por qué la lotería?

—Eh…, bueno, con el dinero que ganase podría hacer lo que quisiera.

—Pero, entonces, ¿qué es lo que querría hacer con el dinero?

—Viajaría, iría de compras, me divertiría sin reparar en gastos, me compraría un buen piso, dejaría el trabajo… —Me entró la risa solo de pensarlo.

Afrodita me miraba con expresión seria.

—¿O sea que ese sería su deseo más profundo?

Sus ojos azules eran tan bellos como los de un gato. Su iris mostraba también tonos dorados. Me miró tan fijamente que acabé apartando la mirada.

—No me parece que un deseo tan superficial pueda provenir de lo más hondo de su corazón. Quizá el maestro y Selene tengan razón… —murmuró Afrodita, mirándome con lástima—. Lo siento, pero un deseo así no va a cumplirse.

—Lo entiendo. No es nada fácil que a uno le toque la lotería y… —repliqué al tiempo que me encogía en la silla y mi rostro se ponía tenso.

—No es eso —indicó, negando con la cabeza, antes de proseguir—: Cuando se trata de un deseo auténtico y verdadero, uno debe albergar en su interior la fuerza necesaria para cumplirlo.

—¿Cómo? —Incliné la cabeza—. Pero yo quiero de verdad que me toque la lotería, por improbable que sea...

Afrodita refunfuñó y se cruzó de brazos.

—Querer que te toque la lotería equivale a querer dinero, ¿no?

Dicho así, no podía negarlo. Asentí con la cabeza y esbocé una sonrisa nerviosa.

Entonces extrajo un naipe de rombos de un bolsillo.

—El dinero es algo que se puede cambiar por experiencias —dijo y dio la vuelta a la carta para mostrar el dibujo de un joven decidido a emprender un viaje—. La experiencia de viajar, por ejemplo, la de comer manjares deliciosos o la de adquirir un lujoso apartamento. El dinero es, en definitiva, un boleto que puede canjearse por experiencias.

Afrodita colocó el naipe sobre la mesa y volvió a mirarme antes de continuar.

—Los astros están dispuestos a ayudar a quien anhele experiencias. Así que decídase, ¿qué experiencia quisiera poder cambiar por su boleto? Los astros quizá podrían poner en sus manos ese boleto llamado dinero, para canjearlo por su experiencia. Sin embargo, ya veo, no sabe para qué querría el boleto; de momento, solo quiere el boleto, sin haber pensado en qué usarlo. Pero si no sabe para qué lo quiere en concreto, ¿cómo espera que los astros se lo entreguen? Aunque quieran ayudarla, se quedarán hechos un lío con su indecisión y no serán capaces de entregarle nada. Eso es lo que ocurre cuando simplemente deseas que te toque la lotería.

Al fin, creí comprender.

—Cierto, el deseo de la lotería equivale a querer dinero de momento, sin haberme planteado aún seriamente qué hacer con él.

—Bueno, también puede haber gente en el mundo que desea que le toque la lotería solo por tener dicha experiencia. Si dicho deseo es auténtico, entonces tales personas poseerán la fuerza necesaria para cumplirlo. Pero su anhelo de que le toque la lotería no es auténtico, sino que representa una huida de sí misma.

—¿Una huida? —Abrí los ojos.

Ella emitió una risita sofocada y alzó de nuevo el dedo índice.

—Por eso —prosiguió—, después de entender que el dinero es un boleto canjeable por experiencias, debemos preguntarnos qué experiencia deseamos obtener a cambio de ese boleto. ¿Y bien?

Guardé silencio.

Deseaba poder comprarme un piso, pero también me encantaba la idea de poder dejar el trabajo.

Sin embargo, según lo que Afrodita acababa de explicarme, aquello no contaba como anhelo auténtico, sino como una suerte de huida de mí misma.

¿Qué era, por tanto, aquello que deseaba desde lo más profundo de mi corazón?

Dediqué unos momentos a darle vueltas y lo único que logré extraer fue una raquítica respuesta.

—Quisiera un contrato fijo.

—¿En la empresa donde trabaja ahora? —preguntó el hombre del traje.

Bajé la mirada, sin saber qué decir.

En realidad, no me importaba la empresa. Me bastaba un contrato fijo para ser feliz, en esta o cualquier otra empresa.

Pero ¿qué significaba aquello?

Volví a concentrarme en mis pensamientos, tratando de encontrarle una interpretación.

Poco a poco, fue saliendo a flote, desde lo más profundo, una tenue idea.

Quise rechazar aquella idea, pero sacudí la cabeza y hablé.

—No es eso exactamente. Lo que deseo más profundamente es convertirme en alguien imprescindible.

Al expresarlo en palabras, la realidad de aquel deseo se intensificó y las lágrimas acudieron a mis ojos.

—¿Para quién? —inquirió el hombre.

—Para nadie en concreto. Para los demás. —Solté una carcajada cínica.

Deseaba que quienes me rodeaban me apreciasen y necesitaran, que en la empresa en la que trabajase me tomaran como alguien imprescindible, y lo mismo en la sociedad.

—¿Por qué? —preguntó Afrodita esta vez. Lo hizo con suavidad.

—Mi padre murió cuando yo tenía ocho años, en una Nochebuena nevada. Había salido del trabajo y quería comprarme un regalo antes de volver a casa. Pero estaban a punto de cerrar la juguetería y, apurado por la falta de tiempo, cruzó la calle por un lugar donde no había semáforo. Lo atropelló un coche. Murió en el acto.

Ninguno de los presentes dijo nada. Se quedaron pensando en lo que acababan de oír.

—Murió por mi culpa.

»Y su muerte trastocó por completo a nuestra familia.

»Mi madre tuvo que ponerse a trabajar para mantenerme a mí, su única hija, y yo la veía volver a casa cada día con el rostro deshecho por el cansancio.

»Y, cada vez que la veía así, pensaba que yo era la responsable.

»Por eso, me esforcé en ser la mejor hija posible, en mostrarme voluntariosa y echarle una mano siempre que lo necesitaba, en conservar mi buen humor para agradarla y, en definitiva, en no darle más trabajo del que ya tenía.

»Incluso cuando volvió a casarse me mostré feliz, a pesar de estar en completo desacuerdo con la boda.

»Fingí querer a mi nuevo padre y adorar a mi hermanito cuando nació.

»Sin embargo, yo me veía como un estorbo en aquel nuevo entorno.

»Mi madre y mi padrastro no dejan de repetir que me pase por casa de vez en cuando para hacerles una visita, para dejarme ver y mostrarles mi sonrisa, siempre lista y dispuesta para ellos, pero yo sé que allí sobro.

»Por eso he luchado por convertirme en alguien imprescindible al menos en mi puesto de trabajo. Ni siquiera eso he conseguido: en las empresas no me quieren más que como empleada temporal. Mis esfuerzos por conseguir un contrato fijo son en vano. He dado todo y más de lo que tengo dentro a las empresas en las que he trabajado y, aun así, no me quieren como empleada fija.

»Es como si en todas partes pudieran sustituirme, como si lo llevara escrito en la frente.

»Por eso, lo que más deseo en el mundo es convertirme en alguien imprescindible para los demás.

Tenía la nariz congestionada por la emoción.

Había mantenido la cabeza baja mientras hablaba. Entonces oí un leve golpe sobre la mesa y alcé la mirada.

Acababan de colocar un plato frente a mí, un plato blanco

con un magnífico postre Mont Blanc de color castaño oscuro, tachonado de fresa seca, nueces y otros frutos secos, y espolvoreado con polvo de oro, además de coronado por una reluciente castaña dorada.

—Mont Blanc de luna nueva. ¡Que aproveche! —dijo el felino dueño de la cafetería, entornando los ojos sonriente.

—¿Mont Blanc de luna nueva…?

Miré al cielo. La luna brillaba intensamente.

—Efectivamente, esta noche no es de luna nueva, pero este postre ha sido confeccionado con exclusivas castañas bañadas en luz de luna nueva, invisible a nuestros ojos.

Me presioné los lagrimales con la punta de los dedos y miré al dueño.

—¿Insinúa que la luz de la luna nueva mejora el sabor de las castañas? —pregunté.

—La luz de la luna nueva posee el poder de hacer cumplir deseos. Ahora que usted ha encontrado el suyo, me he decantado por este postre, con la más sincera intención de que se cumpla.

Sonreí.

—Muchas gracias. Justo hace un momento acabo de descubrirlo.

Era mi deseo de convertirme en alguien imprescindible para los demás. Sí, ese era mi deseo más profundo.

El dueño y Afrodita se miraron, levemente ruborizados.

—Quizá sea como usted dice, pero creo que, antes de eso, debe de haber otro deseo mayor —reflexionó el dueño. Al oírlo, Afrodita asintió con la cabeza.

«¿A qué se refiere?», me pregunté, frunciendo el ceño.

—Puesto que es Piscis, me temo que en el momento presente usted está experimentando una gran dificultad para descubrir su deseo más profundo.

—¿Piscis? No, no. Nací en el mes de diciembre y, por tanto, soy Sagitario.

Ante mi desconcierto, el hombre de al lado soltó una risita.

—De momento, podría tomarse el postre —sugirió.

—Sí, ¿por qué no? —acepté, mirándolo.

A él le habían servido un café y un pastel con forma redondeada.

—Pastel de chocolate de agujero negro: una delicia de chocolate cuyo centro circular absorbe la luz, cual agujero negro en miniatura —explicó el dueño.

—¡Ah! ¡Qué interesante! Con su permiso... —Visiblemente complacido, sonriente y entornando los ojos, se llevó la taza de café a los labios.

Por la razón que fuese, se concentró en tomarse el café y, de momento, no hizo el menor caso al pastel de chocolate.

Tomé el tenedor con la mano, dispuesta a dar cuenta del postre Mont Blanc de luna nueva.

La crema de castañas estaba muy esponjosa. El tenedor se hundió entre burbujas de aire, y su sabor intenso, pero sin dulzor excesivo, me conmovió. Para remate, el corazón del Mont Blanc consistía en una cremosa tarta de queso, de suave y delicado sabor lechoso, que otorgaba el contraste perfecto a la crema de castaña.

—Qué rico... De verdad, es asombroso...

Aquel sabor parecía arroparme, algo que agradecí tras la ajetreada tarde.

—Me alegro de que así sea —comentó con amabilidad el hombre del traje, y asentí con la cabeza—. Fíjese, este café me ha permitido ver cumplido un sueño que había albergado durante muchos años.

—¿Tantas ganas tenía usted de tomarse un café? —pregunté algo extrañada, suponiendo que había tenido prohibido tomarlo por algún motivo.

Rio de una forma extraña y se volvió para mirarme.

—Te equivocas. Mi deseo era volver a verte.

—¿Eh?

—Koyuki, me alegro de verte.

La sorpresa de que me llamara por mi nombre me hizo abrir mucho los ojos.

Nos miramos. Él sonrió y, con cierta aflicción, dijo:

—Lo siento.

¿Por qué conocía mi nombre? ¿Por qué acababa de disculparse?

Seguí mirándolo, desconcertada, sin poder apartar la vista de él.

Poco a poco, su mirada comenzó a devolverme un remoto recuerdo del pasado.

¡Claro! ¿Cómo era posible que no lo hubiera recordado antes?

Una suave cortina blanca se desplegaba desde el cielo: estaba nevando.

—Una noche como hoy, hace catorce años, tuve que quedarme hasta tarde en el trabajo. Pero no quería volver a casa sin haberte comprado el juguete que habías pedido por Navidad, así que tuve que darme prisa.

Al oírlo, el corazón me latió con fuerza.

—Pero esa no fue la causa de que me lanzase a cruzar la calle. La causa fue un gato inmóvil en medio de la calzada. Lo vi. Venía un coche y me lancé a retirarlo de ahí. Fue un acto reflejo; no pensé en las consecuencias. Pero os causé un dolor tremendo a ti y a mamá. Salvé al gato, eso sí. Al menos, él sí salió bien parado.

Recordé que papá también decía «mamá» para referirse a mi madre, su esposa.

Los latidos de mi corazón se intensificaban. Todo mi cuerpo temblaba y empezaba a marearme.

No…, no podía ser.

Con lo mucho que había sufrido mi madre. Tanto que no había sido capaz de dejar ninguna foto de mi padre a la vista en casa. Tampoco yo, creyéndome culpable de su muerte, soportaba el dolor de verlo en foto.

Mi padre era una persona gentil, inteligente y bien parecida.

Lo quería tanto…, tanto…

Las Navidades, que se llevaron a mi padre, se convirtieron para mí en unas fechas odiosas.

—Siempre, desde que naciste, anhelé el momento de verte hecha ya una mujer y poder salir a cenar o a tomar algo contigo —dijo con gran sentimiento mientras sorbía el café—. Pero aquel accidente lo echó a perder… y segó la posibilidad de ver cómo te hacías mayor.

No pude articular palabra, se me había hecho un nudo en la garganta.

Me acarició el pelo con su enorme mano y me miró a la cara.

Sonreía plácidamente, como un niño. Aquel era el padre de mis recuerdos.

—Pero… ¿eres papá? —pregunté con un hilo de voz.

—Koyuki, solo te pido que me perdones y que sepas que mi muerte no fue culpa tuya. Tampoco fue culpa del gato. Es algo que ya no tiene arreglo, por mucho que pensemos en ello.

Sujetó mi cabeza con ambas manos.

—Papá, soy yo quien debe pedirte perdón.

Me avergonzaba haberlo visto y no haber sido capaz de reconocerlo desde el primer instante. Seguía temblando. Todavía no me había recuperado de la sorpresa de aquel encuentro y me escocían los ojos; las lágrimas pugnaban por brotar, pero no conseguía llorar.

—Eras solo una niña cuando ocurrió. No tienes por qué sentirte mal.

Mi padre me rodeó el cuello con su bufanda.

—No es solo eso, papá. Verás… Mamá se casó con otro hombre. Y yo… fingí que me alegraba, aunque por dentro no estaba nada contenta —dije, como si expulsara una bola atascada en el fondo de mi garganta. Siempre había pensado que no nos habíamos portado bien con él desde su fallecimiento.

No podía aceptar aquella actitud falsa en que había incurrido, fingiendo dar la bienvenida a mi padrastro y dejando relegado a mi verdadero padre a un mero recuerdo del pasado.

Ni mi padre se merecía aquello ni yo debía haberme comportado de manera tan falsa.

—Koyuki, no te tortures más. Todo irá bien a partir de ahora. Sé por lo que ha pasado mamá y he venido a velar por ella. —Y añadió—: Gracias, Koyuki, por permitirme comenzar esta nueva etapa.

Volví a quedarme sin palabras. Él me miró y una sonrisa se le dibujó en los labios.

—Quizá sea algo que la gente de este mundo no llegue a comprender del todo —prosiguió—, pero, para quienes hemos atravesado los límites del siguiente mundo, lo más importante es la familia, la felicidad de nuestros seres queridos.

—¿De verdad…?

—Sí. —Asintió enérgicamente con la cabeza—. Tu nuevo

padre es una buena persona, y eso es algo que agradezco profundamente. Apuesto a que siempre te ha tratado con la mayor corrección.

Aun si así era, seguí sin poder aceptarlo.

—Me trata bien por compromiso —dije—, porque no quiere problemas con mamá.

—Hija, recuerdo cuando todavía estabas en la tripa de tu madre... El médico nos había dicho que nacerías el día de Navidad aproximadamente.

Asentí con la cabeza. Conocía aquella historia.

—Lo sé, papá. Por eso, en caso de que fuera niña, querías que me llamara Koyuki.

—Así es —confirmó papá—. Pero tenía preparado otro nombre.

Eso no lo sabía.

—Si nacías niño, te llamarías Sei. Lo habíamos hablado mamá y yo. Viene de *Seiya*, es decir, Nochebuena.

Levanté el rostro, sorprendida por aquella revelación.

—¿Sei...?

Sei era el nombre de mi hermanastro.

—Tu nuevo padre estaba al corriente de lo que te he contado y convino en que el nombre que debían ponerle mamá y él a su hijo tenía que ser Sei. Lo considero un detalle de gran generosidad por su parte. Así que debes quedarte tranquila, Koyuki. Él de verdad te considera su hija.

Enmudecí. Lo único que era capaz de hacer en ese momento era mirarlo a los ojos.

¿Qué había estado haciendo yo hasta entonces?

Había pasado todo ese tiempo convencida de mi propia culpa y ni siquiera había podido conservar nítido el recuerdo de mi padre, por más que lo hubiera deseado en el fondo.

Y, a pesar de no admitir la idea de un nuevo padre, había fingido hipócritamente que lo aceptaba. Peor aún: le había atribuido a él también ese comportamiento, creyendo que también su conducta era hipócrita y fingía quererme solo para quedar bien delante de mamá.

Y, sin embargo, resultaba que había estado equivocada...

¿Por qué había llegado a tergiversar así la realidad?

Todo aquello había comenzado a partir de mi sentimiento de culpa.

Abrí los ojos como platos.

Por fin lo comprendía.

Por fin había encontrado mi deseo más profundo.

—Quiero ser perdonada —dije, y las lágrimas brotaron por fin de mis ojos y corrieron por mis mejillas como si algo las hubiera retenido durante largo tiempo y el dique se hubiera roto al fin.

No era tristeza, sino liberación del dolor, lo que sentía, tras largos años torturándome.

Si no me había aceptado a mí misma, ¿cómo iban a aceptarme los demás? ¿Como iban a querer tenerme a su lado, si en lo más hondo de mi corazón lo que sentía era rechazo por mí misma?

Me había negado la posibilidad de ser feliz.

Y había vivido convencida de que mi buena conducta bastaría para reparar mis faltas.

Pero yo misma estaba buscando el rechazo de los demás.

Por fin lo comprendía todo...

Lloré desconsoladamente, dejando que las lágrimas arrastraran consigo todo mi dolor.

—Cuánto me alegro de haber podido hablar contigo, hija

mía, esta noche. Han tenido que pasar catorce años para que se produzca este milagro...

Mientras hablaba rebosante de felicidad, mi padre clavó la cucharilla en el pastel de chocolate de agujero negro, dispuesto a probarlo. Al hacerlo, descubrió una estrella que lucía con intensidad en su interior. Se llevó una cucharada a la boca. Y después otra. Y, con cada cucharada, su cuerpo se iba llenando de una luz blanca, cada vez más brillante.

—¡Papá!

Se puso en pie, y para entonces era como si su cuerpo se hubiera derretido como la nieve y ya no quedara más de él que un brillante rastro de luz.

4

—¡Papá!

Me enjugué las lágrimas y alcé la mirada. No estaba en el jardín de la azotea, sino ante la puerta de entrada del Museo de Escultura de Asakura.

Estaba cerrada y en el recinto frontal no había ni luces navideñas ni remolque alguno.

—¿Eh...?

La luna tampoco brillaba en lo alto y el cielo había vuelto a teñirse de los tonos del crepúsculo.

¿Había estado soñando despierta?

Todavía tenía las mejillas y los párpados húmedos, y continué secándomelos, presa de la confusión.

Me di cuenta en aquel instante de que llevaba puesta una bufanda. ¡Claro! ¡Papá me la había enrollado al cuello! Rememoré con nitidez su cálida sonrisa y me dio un vuelco el corazón.

Eché un vistazo a mi móvil: marcaba prácticamente la misma hora que cuando dejé atrás la avenida comercial.

Retrocedí en dirección a la avenida.

—¡Oh! —exclamó el anciano líder de la agrupación de comerciantes, arrugando el rostro en un gesto alegre al verme aparecer por allí de nuevo.

—He cambiado de idea: ¿puedo llevarme la tarta? —pregunté.

—¡Por supuesto! Así que al final tiene visita, ¿eh?

—No, no. Es solo que he decidido visitar a mis padres.

Era posible que en casa ya hubieran comprado un buen postre de cena de Navidad, pero, puesto que conmigo haríamos un total de cuatro personas, pensé que podríamos dar cuenta entre todos de aquella tarta, que al fin y al cabo no era demasiado grande.

No veía la hora de llegar a casa para pasar una hermosa Nochebuena en familia, junto a mi madre, mi nuevo padre y mi hermanito.

Salí de la avenida y reparé en los pequeños copos de nieve que, lanzando suaves destellos blancos, habían comenzado a caer del cielo oscurecido.

«Gracias, papá».

«Gracias, Café de la Luna Llena».

Acaricié la bufanda, susurrando para mis adentros aquellas palabras de agradecimiento.

Por fin desperté de mis pensamientos. Alcé el rostro, decidida, y me apresuré a llegar a la estación de tren.

Aquella era, sin duda, una noche mágica.

Interludio

Las luces todavía brillaban en el jardín de la azotea del Museo de Escultura de Asakura.

Las dos sillas del puesto del Café de la Luna Llena, que hasta pocos instantes antes habían ocupado Koyuki Suzumiya y su padre, permanecían vacías.

El personal del Café de la Luna Llena aprovechó la circunstancia de que no hubiera clientes en el jardín de la azotea para sentarse a brindar.

—¡Mi más sincera enhorabuena a todos! ¡Ahora, brindemos y roguemos por que cada historia tenga un final feliz! Ahora os sirvo los cócteles.

Siguiendo idéntico procedimiento que con los clientes, el maestro gato tricolor preparó cócteles para sus queridos amigos del Café, sin atender pedido alguno por parte de estos.

—Permítame que los sirva yo, maestro —se ofreció Selene, sujetándose el pelo moreno en una coleta antes de distribuir los cócteles.

Además del maestro, allí nos encontrábamos Selene, Hermes, Ares, Zeus, Cronos, Uranos y yo, Afrodita.

Esperamos a que todos tuvieran su cóctel y, entonces, alzamos las copas y brindamos.

—Como viene siendo habitual, no están ni Poseidón ni Hades —comentó riendo Uranos, el joven de pelo rosa con puntas doradas.

Uranos compartía una pequeña mesa con Hermes, el hermoso joven de pelo plateado. Ambos estaban jugando una partida de ajedrez.

—No suelen dignarse a acudir a este tipo de lugar —bisbiseó lacónico Hermes, al tiempo que tomaba entre sus dedos una pieza del tablero.

—Esos dos se encuentran más allá de la órbita de Saturno.

—Sí, pero tú también, ¿o no?

Efectivamente, los tres —Urano, Neptuno y Plutón— constituían el grupo de planetas más exteriores del sistema solar. Saturno, de hecho, marcaba el límite de los que alcanzaban a verse a simple vista, sin necesidad de telescopio, desde la Tierra. A estos planetas visibles con el ojo desnudo se los asocia con nuestra mente consciente, mientras que a los invisibles, es decir, a aquellos que orbitan más allá de Saturno, se los relaciona con nuestro subconsciente.

—Por supuesto. Sin telescopio no me verán, ja, ja —repuso Uranos riendo—. Qué comodidad…, esto de vivir como una estrella inalcanzable. Pero una vez comenzada la era de Acuario, voy a tener que remangarme para trabajar. Cuando las aguas se calmen, podré volver a mi vida tranquila y remota, como Poseidón y Hades.

Hermes, visiblemente molesto, frunció el ceño.

—No pongas esa cara, hermano —protestó Uranos—, que todavía voy a quedarme por aquí por un tiempo.

—Tú vas a tu aire, ¿eh?

El caprichoso Uranos y el meditativo Hermes, tan distantes el uno del otro, se complementaban pese a las diferencias de carácter y, en el fondo, se tenían mutuo aprecio.

—Sea como sea, no podemos dormirnos en los laureles, ¿eh? —intervino Ares—. Debemos estar preparados para competir porque, en breve, entraré en conflicto con Hermes.

Ares, el gallardo joven de pelo rojo, con su cóctel de zumo de tomate y cerveza en la mano, se impacientaba al observar que la partida de ajedrez entre Hermes y Uranos no avanzaba.

Aunque podía pecar de impetuoso, era al menos decidido y arrojado. Por encima de todo, era masculino, y aun así conservaba intacto su niño interior. La verdad es que Ares me producía mucha curiosidad.

—Vaya, vaya, Afrodita, qué ojitos le pones a Ares…

Sobresaltada por aquella voz burlona a mis espaldas, me volví y descubrí a la siempre alegre y rolliza Zeus, que sostenía un cóctel margarita y me miraba con ojos traviesos.

—¡Ay, Zeus! —exclamé ruborizada.

—No te burles de ella, que es solo una cría —le recriminó Cronos, solemne caballero de mediana edad que degustaba un gin-tonic en la barra.

—Perdón, perdón. Entonces, Cron, ¿conoces a Afrodita?

—¿Cómo que Cron? ¿Qué confianzas son esas? —preguntó molesto Cronos, arrugando la cara.

—Es muy mona, ¿no? —insistió Zeus, indiferente a la incomodidad de Cronos.

Zeus y Cronos tenían personalidades opuestas, pero ambos reconocían en el otro la fuerza vital que atesoraban, y por eso se soportaban.

—¿Sabías que también a los cócteles, al igual que a las flores, se les adjudican ciertos significados? —preguntó Zeus—.

Por ejemplo, del gin-tonic se dice que representa una voluntad fuerte. Por algo te lo ha servido el maestro…

Cronos soltó un bufido.

De cualquier manera, me sentía de buen humor. Aquella conversación había despertado mi interés.

—Zeus, dime: ¿qué significado se le asocia al *rosé cooler* que estoy tomando? —inquirí.

El *rosé cooler* consistía en vino rosado al que se le había añadido un poco de zumo de naranja y un chorrito de granadina y de curasao blanco. El resultado era muy colorido.

Zeus dejó escapar una risita sofocada.

—Conquístame. Eso es lo que quiere decir tu cóctel.

—¡Eh!

—Por lo que parece, no soy la única que está tomándote el pelo. En el caso del maestro, mejor que tomar el pelo, quizá sea más apropiado decir que está espabilándote.

—Estáis liándome —dije y, moviéndome inquieta en mi silla, miré a Ares de reojo.

Casualmente, él también me miró en ese mismo instante.

—¡Ay!

Ambos desviamos la mirada.

Me llevé el vaso a los labios, tratando de disimular mi rubor.

Zeus me miró con ternura mientras Cronos se encogía de hombros.

—Afro, hoy es Nochebuena. Anímate, es la atmósfera propicia para que estreches lazos con Ares. Sírvele un *rosé cooler*. Dile que simboliza tus sentimientos.

—Pero…

Empecé a mover los ojos, nerviosa. Cronos suspiró con exageración antes de hablar.

—Me opongo a los consejos de Zeus —masculló—. Y eso de la atmósfera propicia para que hombres y mujeres intimen en sus relaciones... Me pregunto de dónde se lo ha sacado.

—Pero ¿no es maravilloso? —Zeus frunció los labios y, extendiendo las manos, continuó—: ¿No es el ambiente alegre de la Navidad el más propicio para que el amor florezca? Es el mejor aliado para los enamorados.

—Dos enamorados no necesitan de tales artificios. Simplemente, deberán dejar que las cosas vayan surgiendo a su debido ritmo.

—No lo creo. En el amor, las cosas no suceden porque sí. Hay que ayudarlas.

—Pero...

—Empiezo a suponer que te encuentras entre quienes no se casan por amor, sino por conveniencia.

—Para convenir un matrimonio, los padres de ambas partes han tenido que llegar a un acuerdo y han debido aceptar a la pareja de sus hijos. ¿Qué hay de malo en ello?

—No puedo creerlo. ¿Dónde queda el romanticismo?

—Pero un matrimonio arreglado no equivale a un matrimonio sin amor —protestó Cronos.

—Puede ser. Aun así...

«Vaya dos... —pensé, tensando el rostro—. Se entienden, pero se llevan la contraria».

Desde luego, cuando se ponían así, eran incompatibles.

Tratando de cambiar de tema, señalé el cóctel que sostenía Zeus.

—Zeus, tu cóctel es un margarita, ¿no?

—Correcto.

—¿Qué simboliza el margarita?

—Amor sin palabras —respondió ella, llevándose la mano al pecho.

—Pues es un cóctel que no va mucho con alguien como tú, que no para de hablar —terció Cronos.

—Y tú estás más guapo con la boca cerrada, ¿eh? —replicó Zeus, arrugando la nariz—. Lo cierto es que no necesito hablar para entregar mi amor a una gran cantidad de personas, de manera parecida a como hace el padre de Koyuki.

Al oírla, recordé a Koyuki y a su padre, clientes del Café apenas unos minutos antes.

También a mí me había llegado al corazón el amor de ese padre que vela por su hija en silencio.

Sin embargo, había un detalle que no lograba comprender.

—Zeus, no entendí lo que el maestro le dijo a Koyuki.

—¿Qué le dijo…?

—Me refiero a cuando le habló del deseo más profundo. —Entonces repetí las palabras del maestro—: «Puesto que es Piscis, me temo que en el momento presente usted está experimentando una gran dificultad para descubrir su deseo más profundo». ¿Por qué encontrarse bajo el signo lunar de Piscis influye para que a uno le resulte más difícil encontrar su deseo auténtico? —pregunté.

—Porque la luna es inmadura —respondió a mis espaldas una voz bella como un cascabel.

Me volví y descubrí a Selene con un cóctel *violet fizz* en las manos. El vaso permitía apreciar las tonalidades violetas del líquido, hermosas como el iris de sus ojos.

El pelo de Selene, recogido momentos antes, mientras servía cócteles, lucía ahora suelto.

Aquel pelo liso, negro y bruñido lanzaba destellos a la luz de la luna.

—Selene…

Selene, hermosa y misteriosa, con aquel aire de dignidad… Sí, la admiraba.

Pero aquellas palabras de Selene me habían producido cierta incomodidad.

—¿Qué quieres decir? —pregunté, inclinando la cabeza.

Selene se acarició el pelo y se cubrió con él las orejas, como preparándose para hablar.

—Se dice que la edad de la luna señala solo hasta los siete años.

Supuse que se refería a algo que el maestro había mencionado con anterioridad: el periodo planetario y la franja de edad.

Todo comenzaba con la luna.

—La luna simboliza los primeros años de vida y representa nuestro yo más profundo, nuestros instintos, la etapa vital en que todavía no hemos terminado de formarnos. A eso me refiero cuando hablo de la inmadurez de la luna.

Asentí con la cabeza, en silencio.

Obviamente, lo que acababa de decir Selene se correspondía con el desarrollo de una persona hasta los siete años.

—Los signos solares son como el rostro de una persona —prosiguió Selene—, son lo que los demás ven de ella, lo que nos define. Por eso, son los signos que la gente entiende y conoce, y hace suyos. Tomemos, por ejemplo, el signo de Aries: a pesar de tratarse del mismo signo, quienes se encuentran bajo el signo solar de Aries serían mucho más fácilmente reconocibles que sus homónimos de signo lunar.

Así pues, mientras que el signo solar determina nuestra parte visible —aquella que nos caracteriza y distingue de otras personas—, el lunar es nuestra trastienda, nuestra morada interior.

—Por tal motivo, no es raro que todo aquello que viene asociado al signo lunar acabe convirtiéndose en una obsesión o en un complejo para la persona. Por ejemplo, quienes portan el signo lunar de Aries a menudo desarrollan un complejo de inferioridad respecto a quienes son del signo solar Aries.

—Ah, vaya… —asentí—. Supongo que ocurre porque, a pesar de formar parte de su esencia, los aries de signo lunar no consiguen exteriorizar esa esencia como sí pueden hacerlo quienes se encuentran bajo el signo solar.

—Así es. El signo lunar de Koyuki es Piscis, como también lo era el de una clienta que nos visitó hace unos días.

—Ahora que lo dices… —Alcé la cabeza—. ¡Cierto! ¡El signo lunar de Junko también era Piscis!

Estaba pensando en la clienta que nos visitó dos semanas antes.

CAPÍTULO 3

Vínculos con una vida anterior y té frío de bengala

1

Llegado el mes de diciembre, la vida en la ciudad se volvía frenética.

El centro comercial Iias-Tsukuba, cerca de donde yo vivía, se engalanaba al acercarse las Navidades y, cada día que pasaba, aumentaba más y más la afluencia de clientes.

Al finalizar la reunión de padres y profesores del colegio, mi hija y yo nos pasamos por los puestos de comida.

Aunque todavía era día lectivo, se veía una gran cantidad de estudiantes con sus uniformes.

Quizá las clases habían terminado antes de lo habitual.

Cuando yo todavía estaba en edad escolar, acudía con mis compañeras de clase a algún restaurante de comida rápida y hablábamos sin parar mientras comíamos.

Hoy día… Miré a mi hija, sentada a mi lado.

Ayu, influida por sus amigas, quería un regalo de la tienda de dónuts. El menú para niños incluía, de regalo, artículos de un programa de televisión infantil llamado *Los ángeles de la estrella fugaz*. Se trataba de tres chicas con la fuerza del sol, de la luna y de las estrellas que luchaban contra el mal.

Los artículos consistían en tres tipos diferentes de varitas mágicas, con el sol, la luna o las estrellas como motivos representativos. A mí me gustaba la de la luna en cuarto creciente, pero Ayu eligió la de la estrella.

Sentadas ambas a la mesa, mi hija, con los ojos entornados y una sonrisa, sostenía la varita sin hacer caso a los dónuts.

—Ayu, ¿qué te parece si te comes el dónut de Saturno y dejas de jugar un momento? —propuse, acariciándole la espalda.

—Sí, mamá —contestó y, agarrando el dónut con sus dos pequeñas manos, se lo llevó a su diminuta boca.

Era un encanto de niña, pero a ese ritmo nos iba a dar la noche allí. Incluso tratándose de un menú infantil, seguía siendo una gran cantidad de comida para Ayu.

Al final tuve que ayudarla a terminar el menú.

Así no había manera de seguir una dieta. Y eso que la báscula ya me había dado un buen susto cuando me pesé la noche anterior...

En fin..., ya no era ninguna jovencita y quizá debía asumirlo.

Lo cierto es que Ayu había nacido tras un largo tratamiento de fertilidad, después de haberme ya rendido, y por ello yo superaba en edad, con creces, a las otras madres de las compañeras de clase de Ayu.

Veía a las madres jóvenes impacientarse e irritarse con sus hijos y me preguntaba si yo misma me comportaría así, de ser más joven. Posiblemente sí. Era, hasta cierto punto, lógico.

Si yo hubiera tenido veintitantos o treinta y pocos años, era muy posible que le hubiera gritado a Ayu: «¡Vamos, deja de distraerte y cómete todo!».

Era verdad que un embarazo a ciertas edades conllevaba mayores dificultades, pero, como contrapartida, los años le hacían a una más generosa y paciente.

Después de contemplar a mi hija dar cuenta de su menú, recorrí con la mirada el local donde nos encontrábamos.

También las chicas mayores que Ayu, estudiantes de instituto incluso, estaban encantadas con sus varitas mágicas. Las observé y escuché con atención.

—¿Tú has elegido la del sol? ¡No me lo puedo creer! ¡Yo la de la luna!

—¡La chica sol es mi favorita!

Me resultaba increíble que aquel mismo programa de televisión que fascinaba a mi hija también les encantase a las chicas de instituto. Pensándolo bien, podía resultarles muy entretenido incluso a los adultos.

Desarrollada en un contexto mitológico, *Los ángeles de la estrella fugaz* seguía las vicisitudes de unas chicas que habían servido a los dioses en tiempos remotos y que renacían en el mundo contemporáneo.

El guion consistía en una miscelánea de ideas que iban desde la reencarnación al horóscopo occidental y suponía el resurgir profesional de una prestigiosa guionista que, durante un tiempo, había permanecido relegada en el olvido.

La guionista tenía, poco más o menos, la misma edad que yo; quizá era algo más joven.

No conseguía recordar cómo se llamaba, de modo que eché mano del móvil.

Tecleé el título de la serie y enseguida localicé su nombre: Mizuki Serikawa.

«Ah, ¡sí!», exclamé para mis adentros.

Encontré una conversación entre ella y la productora de la serie, Akari Nakayama. Según lo que leí, ambas habían sacado adelante el proyecto.

«Mizuki Serikawa, te había echado de menos».

Efectivamente, me gustaban sus series y solía verlas, años atrás.

Después de su temporal retiro, Mizuki Serikawa había escrito el guion de un videojuego por el que había recibido buenas críticas y, tras ello, se había aventurado a crear *Los ángeles de la estrella fugaz*, dirigida principalmente a un público infantil.

Se trataba, pues, del esperado regreso de Serikawa a la actividad profesional.

—Mamá, ¿qué estás mirando?

Le enseñé la pantalla del teléfono.

—Es Mizuki Serikawa, la guionista de *Los ángeles de la estrella fugaz*. Y esta es la productora, Akari Nakayama.

—¿Por qué son dos personas diferentes?

—Bueno…, una escribe la historia, como quien escribe un libro. Pero eso no basta. Tiene que haber alguien que lleve esa historia del papel a la pantalla.

—Aah —exclamó Ayu, aparentemente maravillada por mi revelación—. Las dos tienen mucho mérito, ¿no?

—Lo tienen.

Por algún motivo, me sentía orgullosa de los logros artísticos de Mizuki Serikawa, quizá, en parte, porque era coetánea mía. Al mismo tiempo, tras leer que seguía soltera, me pregunté si no echaría de menos una vida en familia y con hijos… Y, sin entender por qué, sentí cierto desasosiego por aquellas cuestiones de su vida privada, con las que yo no tenía nada que ver.

Me reproché estos pensamientos.

«¡Basta! ¿A qué viene esto? ¿Ahora resulta que voy a pensar igual que papá?». Mi padre era un hombre de la era Showa, chapado a la antigua en cuestiones como el matrimonio.

«Las mujeres no necesitan estudiar ni trabajar. ¿Para qué? —decía, por ejemplo—. Que se preocupen de casarse lo antes posible y de tener hijos. Con eso basta».

Tan comprometido estaba mi padre con esa idea de mujer que eligió la primera sílaba de mi nombre a partir de la primera sílaba de *junsui*, «pura», y la última de *jujun*, «obediente».

Mi padre tenía grandes expectativas con mi hermano pequeño, una persona inteligente aunque quizá demasiado dócil, y puso una enorme presión sobre él. Mi hermano pequeño no pudo soportarlo.

Lo recuerdo… Yo acababa de empezar mis estudios universitarios y mi hermano estaba en el instituto.

Lo que ocurrió me llevó a romper relaciones con mi padre.

Me había mudado a la residencia de estudiantes y no fue difícil no volver a verlo.

No regresé a casa. Si quería ver a mi madre, ella venía a la residencia.

Rectifico: regresé alguna vez, pero solo cuando tenía la certeza de que él no iba a estar en casa ese día.

Sin embargo…, hubo algo que me dolió por encima de todo: no pude acompañar a nuestro querido perro Rin cuando nos dejó.

Solo recordarlo hacía que me escocieran los ojos y la nariz.

Quien no lo haya vivido no lo entenderá. Rin era un miembro más de la familia.

Aunque no era de ninguna raza en concreto, parecía un shiba inu. Me miraba con sus ojos muy redondos y llenos de ternura, y aquella expresión tan cariñosa en el rostro…

Cuando era niña y tenía algún problema en el colegio o papá se enfadaba conmigo, Rin siempre venía a mi lado.

Nunca he olvidado su tacto.

—Pronto nos traerán el perrito, ¿verdad?

Las palabras de mi hija me sobresaltaron y me sacaron de mis pensamientos.

—Eh, sí.

Pocos días antes, habíamos adoptado un perrito, pero, debido a diversos trámites, todavía no nos lo habían entregado.

—Por cierto, ¿se te ha ocurrido algún nombre para el perrito? —pregunté.

—Eeh… —Ayu resopló—. Se me han ocurrido muchos, pero no me he decidido por ninguno.

—¿Por ejemplo?

—Jennifer, Jasmine…

—Ah, nombres de princesa, ¿eh?

—Sí. Pero, a lo mejor, al perrito no le gustan los nombres largos.

—Puede ser —asentí.

—¿Cómo se llamaba el perrito que tenías cuando eras pequeña?

Volví a sentir el mismo sobresalto de unos instantes antes. Era como si pudiera leerme el pensamiento. A veces, pensaba que Ayu tenía esa extraña capacidad.

—Se llamaba Rin.

—¿Se lo pusiste tú?

—Sí.

—¿Por qué le pusiste Rin?

Aquella pregunta me pilló desprevenida.

—Pues…, vamos a ver…

—Rin parece el sonido de un cascabel.

—Sí, pero no fue por eso.

Permanecí desconcertada, preguntándome, sin recordarlo, por qué le había puesto Rin.

Me crucé de brazos, exprimiéndome la cabeza para recordar.

Pude verme a mí misma. Me gustaban la cartomancia y los hechizos, y recordé lo mucho que me gustaba, cuando era estudiante de primaria, un manga cuya historia giraba alrededor de la idea de renacer en otro cuerpo.

«Un emotivo y dramático reencuentro…, después de la reencarnación», decía, más o menos, la frase publicitaria.

Estaba tan feliz de tener un perrito en casa…, pero qué dolorosas fueron las palabras de mi padre aquel primer día. Siempre se opuso a tener un animal en casa.

«¡Un perro vive pocos años! ¡Ya verás lo mal que lo vas a pasar cuando se muera!».

Sus palabras, tan desconsideradas hacia la niña que yo era, sí que me causaron tristeza.

En medio de mi alegría por la llegada del perrito, aquellas palabras me dolieron. Me sentí furiosa con mi padre.

«Pues muy bien. Renacerá y seguiremos juntos», dije en voz baja para que no me oyera. Y le puse Rin, la primera sílaba de *rinne*, «reencarnación».

Le expliqué el origen del nombre a Ayu, obviando los detalles sobre el enfado de mi padre.

—¿Puedo ponerle Rin también al nuevo perrito? —preguntó.

—¿Eh? Sí, claro.

—¡Decidido! ¡Se llamará Rin!

Mientras contemplaba la alegría de mi hija, experimenté una extraña sensación.

Mucho tiempo atrás, había anhelado volver a encontrarme con mi perro, si la reencarnación lo hacía posible, y ese había sido el motivo de que eligiera aquel nombre para él.

Pero habían transcurrido más de treinta años desde aquello. Me había convertido en madre y el perro que acabábamos de adoptar iba a llamarse Rin.

De hecho, el perro que esperábamos también guardaba cierto parecido a un shiba inu, a pesar de ser mestizo.

Verdaderamente, daba la impresión de que Rin se había reencarnado…

Aquella idea romántica flotaba en mi imaginación cuando, de pronto, el teléfono móvil emitió un sonido. Acababa de recibir un mensaje.

Segura de que sería mi marido, presioné la pantalla.

Para mi sorpresa, resultó ser mi hermano. Superados ya los cuarenta años, aquel muchacho que no había soportado la presión de mi padre se había convertido en un adulto ejemplar.

Para no entristecer a mamá, había hecho las paces con mi padre, pero nunca habían llegado a reconciliarse.

Tal vez nunca llegaran a hacerlo.

Ambos se detestaban.

Paradójicamente, mi hermano fue, de niño, el ojo derecho de papá. Tantos elogios recibía por parte de mi padre que llegué a sentir celos.

Por otro lado, más tarde fue haciéndoseme evidente que mi hermano aguantaba con paciencia una situación que no le resultaba agradable.

Mi padre perdía los nervios de vez en cuando y decía barbaridades, y mi hermano apretaba los dientes y cerraba los puños. Fui testigo de ello muchas veces.

Temí que aquello fuera a estallar en cualquier momento.

¡Y vaya si estalló! La presión alcanzó el límite de la paciencia de mi hermano y nada volvió a ser igual en casa.

Mi hermano se mudó a la casa de nuestra abuela por parte de madre y siguió unos pasos muy diferentes a los que se había esperado de él: se hizo esteticista.

Nunca guardé rencor a mi hermano. Aunque su conflicto con papá había roto nuestra familia, yo lo comprendía y estaba de su lado. También yo me había encontrado al borde de mi capacidad de aguante.

Sin embargo, mi hermano se sentía mal por mamá y por mí, y, con el deseo de no empeorar aún más las cosas, había puesto distancia por medio y vivía su vida sin demasiado contacto con nosotras.

Por eso fue una sorpresa recibir un mensaje suyo.

¿Le ocurriría algo? Asaltada por cierta inquietud, abrí el mensaje.

Hola, Junko. Cuánto tiempo. ¿Sabes? Me voy a casar.

Tan inesperada era la noticia que se me escapó un grito.

—¡¡Eeh!!

—¿Qué pasa, mamá? —preguntó Ayu, con su cabecita levemente ladeada.

—No es nada. —Apoyé la mejilla en la mano y le acaricié la espalda a Ayu.

No, no podía creerlo.

Aunque tuviera pareja, me parecía el tipo de persona que nunca se casa.

No quería ni imaginar cómo se iba a poner nuestro padre si se enteraba.

Suspiré.

—Ya me lo he comido —dijo, de pronto, mi hija, mirándome como si hubiera realizado una proeza.

—¿Qué tal estaba?

—¡Muy bueno! —exclamó, juntando las manos y poniéndose en pie de un brinco.

Yo también me levanté y tomé la bandeja vacía.

—El otro día una vidente me echó las cartas —oí decir, sin querer, a una de las adolescentes que había por allí—. Era muy guapa. Sí, tiene su puesto aquí, al lado. Me habló de mi vida anterior.

Quizá mi interés por la reencarnación me había hecho oír involuntariamente aquellas palabras, filtrándolas entre las demás.

La persona adulta que yo era no creía ya en aquellas historias. Pero, mientras recordaba que, efectivamente, en aquel centro comercial había un puesto de quiromancia y videncia, agucé el oído para seguir la conversación de las adolescentes.

—¿Y qué te dijo? ¿Qué te dijo? —preguntaron con insistencia las otras chicas.

—¿Fuiste una noble francesa en la época de la Revolución?

—¿La mujer de un faraón en el antiguo Egipto?

Sonreí mientras las escuchaba y miraba por el rabillo del ojo, y recordé que, cuando tenía su edad, había rellenado un cuestionario sobre reencarnación publicado en una revista, con el resultado de que yo había sido una mujer noble europea o una reina árabe. El resultado me había dejado plenamente satisfecha, a pesar de lo poco realista que era la idea de que todo el mundo pudiera formar parte de la nobleza o de la realeza.

La vidente les preguntaría esto y aquello a las chicas, y estas responderían proporcionando a la vidente la materia prima para elaborar sus videncias. Una buena agudeza para el análisis psicológico era, en definitiva, lo que se requería.

Una vez establecido el tipo de persona que la clienta habría querido ser, la vidente le proporcionaba la respuesta esperada.

Puesto que no había modo de saber nada acerca de vidas pasadas, tampoco había manera alguna de fallar ni de acertar.

—No me atosiguéis —respondió la adolescente, encogiéndose de hombros, antes de que su relato tomara una dirección que yo no había esperado—. Nada de eso, nada de eso. No me dijo qué había sido en otra vida, sino qué me traje conmigo de aquella. Además, se negó a cobrarme nada.

—¿Y qué fue? ¿Qué fue? —exigieron saber las otras.

Me hice la misma pregunta mientras depositaba la bandeja en el mostrador y abandonaba con mi hija el local.

No tardé en divisar, al final del pasillo del centro comercial, un cartel que decía: QUIROMANCIA. ADIVINACIÓN. Más abajo, además de «Lectura de manos, interpretación de apellido, horóscopo», se anunciaba algo que captó mi atención: «Le explicamos cuál es la energía que ha heredado de una vida anterior». Nunca había escuchado nada semejante.

—Mamá, allí está la princesa de Tokio. —Parpadeé varias veces al oír a mi hija decir semejante extravagancia—. Mira, allí.

Ayu señaló el puesto de quiromancia.

—No se señala con el dedo —reprendí, dirigiendo la mirada al puesto.

En su interior, una mujer de rasgos occidentales esperaba sentada. Su cabello era tan rubio que parecía transparentarse y su piel tan blanca como la porcelana. Me recordó una imagen religiosa, pulcra y distinguida. O una actriz clásica.

De hecho, creí haberla visto en algún lugar antes, y me pregunté si de verdad pertenecía al mundo del espectáculo.

—Pues sí que parece una princesa —convine.

—No es que lo parezca, mamá; es que es la princesa de Tokio.

—¿Princesa de Tokio…?

—Sí. Estaba en el castillo al que fui con la tía Satomi.

Tal vez se refería a aquel restaurante elegante, con forma de castillo, ubicado en la zona de Garden Place, en Ebisu.

—Y también estaba en el parque donde adoptamos al perrito —añadió.

—¡Ah! —Di una palmada—. ¡La violinista! A lo mejor se dedica a organizar eventos, como la tía Satomi.

—¿Eventos?

Nuestra conversación pareció llegar a los oídos de la mujer, que alzó el rostro hacia nosotras y nos sonrió. Enseguida nos hizo un gesto con la mano para que nos acercáramos.

El rostro de Ayu resplandeció y, sin tiempo que perder, mi hija corrió hasta situarse enfrente de la mujer.

—¡Hola! —saludó Ayu.

Ante aquel saludo lleno de vitalidad, los ojos de la mujer se entornaron en una cálida sonrisa.

—Buenas tardes, señorita —saludó la mujer—. Nos encontramos de nuevo. Por favor, toma asiento.

—Vale.

Sentí una punzada de pánico al ver a mi hija sentarse tranquilamente en la silla.

—¿Le parece bien que echemos un vistazo a las cartas? —preguntó con amabilidad la mujer, volviendo a levantar la mirada hacia mí. Se percató de mi indecisión y, de inmediato, añadió—: No le cobraré nada.

Me senté, sin tomarme en serio lo que acababa de decir.

—Eso de la vida anterior… —balbucí pese a mi recelo.

Ella negó con la cabeza.

—No, no se trata de vida anterior, sino de energía heredada de la vida anterior —rectificó.

—¿Energía…?

Ante mi expresión de perplejidad, la mujer soltó una risita tímida.

—Es parte de la astrología. Todos heredamos algo de nuestras vidas pasadas y yo me encargo de ver de qué se trata.

—¿Y cuál es mi energía de otra vida? —preguntó con toda inocencia Ayu.

—Espera un momentito —solicitó la mujer antes de extraer un reloj de su bolsillo.

Situó el reloj ante la frente de la niña y, al abrir la tapa, se proyectó el holograma de una carta astral.

20 de diciembre de 2014, a las 10.30.36 horas. Era la hora y la fecha del nacimiento de mi hija, Ayu.

—La predisposición natural, el talento y las capacidades con que una persona nace se transmiten de una vida anterior —explicó la mujer—. Para saber en qué consisten, hay que conocer el ascendente de la persona, es decir, el signo situado en la zona izquierda externa del círculo de la carta astral. Lo señala la línea que separa la Casa 12 de la Casa 1 y marca el inicio de esta. Mira, Ayu, tienes el sol en Sagitario y la luna también en Sagitario, y tu ascendente es Piscis. El ascendente es el signo que has recibido de la vida anterior.

—¿Y qué significa que el ascendente sea Piscis? —pregunté, arrugando la frente.

Una vez despertado mi viejo interés por el tema, me incliné hacia delante sin poder evitarlo.

—Significa que Ayu, al nacer, se trajo consigo la energía de Piscis.

—Pero ¿qué es… la energía de Piscis?

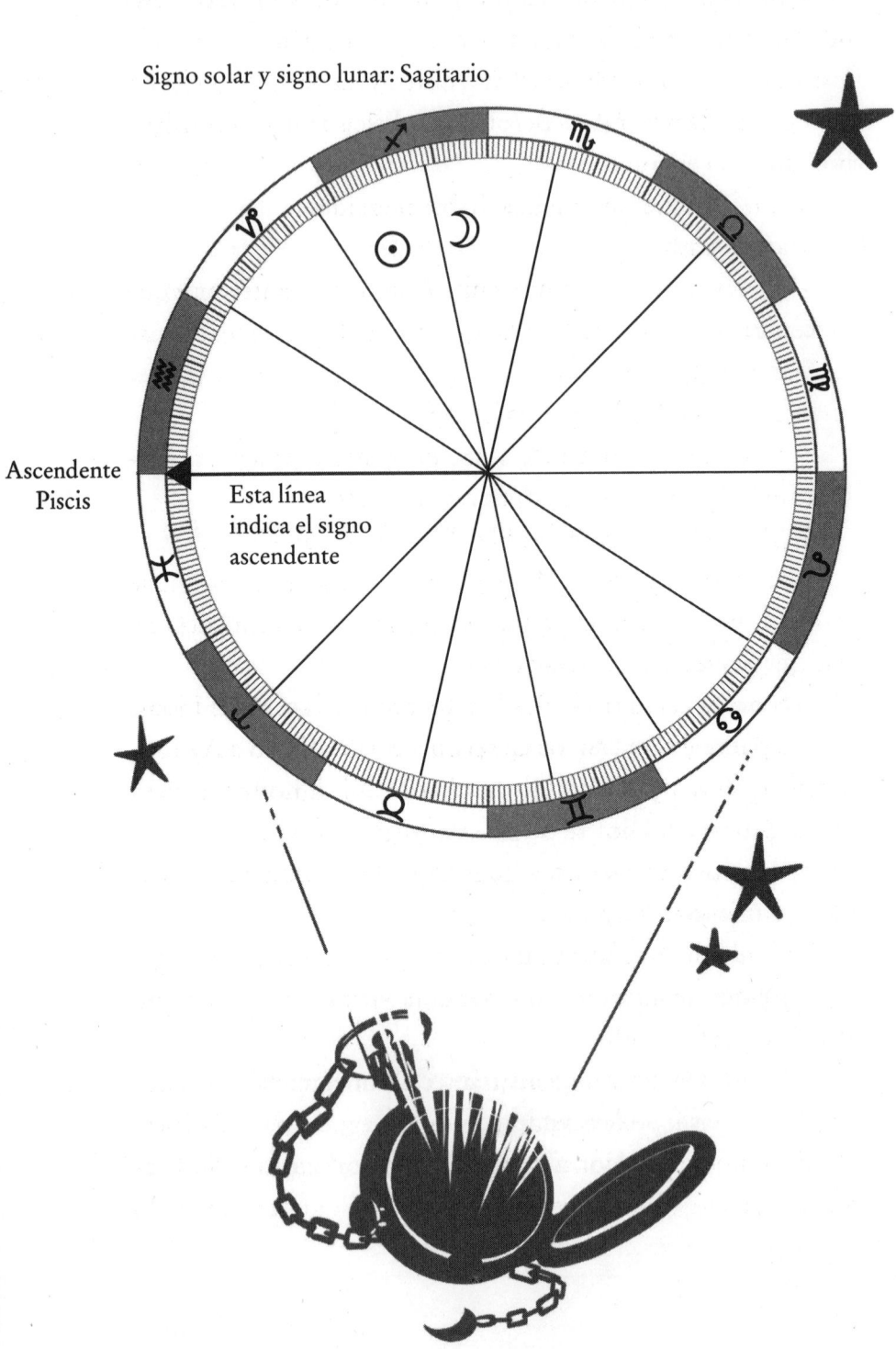

Signo solar y signo lunar: Sagitario

Ascendente
Piscis

Esta línea
indica el signo
ascendente

—Significa que tiene una gran imaginación y un sexto sentido muy desarrollado. Significa que es de carácter tolerante y que tiene el don de aliviar el sufrimiento de las personas. En eso consiste la naturaleza del signo de Piscis y en eso consiste, por tanto, su energía.

Sí. En lo referente a mi hija, había acertado.

Tragué saliva.

—Se trata de algo que Ayu cultivó en su vida anterior y que se ha transmitido de manera natural a su vida presente. Ha nacido con ello.

Respiré hondo, llena de emoción.

—¿Probamos con usted? —me preguntó la vidente al percibir mi entusiasmo. Sostuvo el reloj ante mí.

—Eh…, sí, por favor. —Encogí los hombros.

Situó el reloj ante mí y noté entre mis cejas un calor que se extendió por toda la frente; al igual que había ocurrido con Ayu, se proyectó una carta astral.

—Señora, usted tiene el sol en Géminis y la luna en Piscis.

Después de oír todo lo bueno que le había dicho a Ayu sobre el signo de Piscis, me alegré de que mi signo lunar fuera Piscis. A pesar de ello, no podía estar segura…

—Veamos. En cuanto a la energía de su vida anterior… Su ascendente es Virgo.

Puesto que no tenía ni idea de qué tipo de signo era Virgo, me mantuve atenta, pero sin saber qué esperar. ¿Sería un signo asociado a la feminidad?

—Virgo es la diosa de la justicia y de la imparcialidad —continuó la mujer—. Además de un sentido agudo para la observación y una excepcional capacidad de analizarlo todo fríamente, los virgo están siempre dispuestos a ayudar a quien lo necesite.

Mis mejillas se encendieron ante semejantes halagos.

La descripción me resultaba familiar.

—Son personas directas, pero que pueden sentirse heridas con facilidad.

Eso también me sonaba.

La vidente, al notar que guardaba silencio y me quedaba pensativa, me miró a los ojos con gesto de preocupación.

—¿Le ocurre algo?

—Es asombroso…

—Sí, la astrología es asombrosa —respondió orgullosa, aunque enseguida se encogió de hombros—. Pero aún soy solo una aprendiz. Hacer la carta astral a la gente me sirve de práctica.

Comprendí que por eso no cobraba.

—Debo añadir que el signo ascendente no solo proyecta en la persona el talento con que viene al mundo, sino también algún detalle característico de su aspecto físico y la primera impresión que causa en los demás. Precisamente, fue mi maestro de astrología quien postuló la idea de que la energía heredada de la vida anterior se corresponde con las características del signo ascendente —explicó, a la vez que cerraba el puño lentamente, ocultando el reloj de bolsillo.

—Pero ¿tiene alguna ventaja conocer esa energía de otra vida? —pregunté espontáneamente.

Parpadeó atónita.

—¡Claro que la tiene! Conocerse a uno mismo es el precepto de una vida bien encaminada.

Asentí con la cabeza a pesar de la ambigüedad de sus palabras, tan comprensibles como incomprensibles.

—Permítame que le ponga un ejemplo. Imagine que la vida es un RPG, un videojuego de rol. Pues bien, el ascendente sería, en ese caso, el primer equipamiento. Aun sin un dominio de las armas, uno las utiliza de manera natural porque es lo único de lo que dispone al iniciar el viaje.

Al mencionar aquello, me vinieron a la mente los gráficos y la música de un RPG.

—Pero si nunca llegase usted a entender las armas con que está equipada al empezar el juego, ¿cree que podría desenvolverse correctamente en él?

—Creo que sería casi imposible... —Me ruboricé al contestar.

—Y cree bien —remató ella, con una risita divertida—. Comprender sus armas puede aligerar mucho su viaje.

—Entonces... nuestras armas son lo que el signo ascendente nos proporciona, ¿es así?

—Así es. —Asintió con la cabeza y prosiguió—: Y, sin embargo, la situación en la que uno se encuentra va cambiando con los años, de manera que las armas que a uno pueden haberle sido útiles durante un tiempo podrían quedar inservibles una vez que pasa al siguiente nivel, por ejemplo. Uno debe entonces afilar y mejorar las armas que ya tiene, por si todavía pudieran servirle, o hacerse con armas nuevas.

Asentí repetidas veces con la cabeza. Aquel ejemplo sí lo entendía.

—Quiere decir que debo preocuparme por fortalecer y pulir la energía que me ha entregado el signo de Virgo, ¿verdad?

—Exactamente. —Asintió con la cabeza—. Pero no se trata solo de eso. Sería fantástico que cada cual supiera pulir sus armas y dar nuevos usos a su equipamiento, pero lamentablemente hay personas a las que, por el contrario, ese propio equipamiento las inmoviliza.

—¿A qué se refiere?

—Imaginemos a alguien cuyo ascendente es Capricornio. Los Capricornio son juiciosos, sensatos y aplicados en el estudio, un signo muy japonés… Quien es de ascendente Capricornio vivió su vida anterior a la manera de un Capricornio. Imaginemos que en esa vida anterior soñaba con ser una persona imaginativa, como los Piscis, y que, de hecho, se cumplió su deseo y renació como Piscis en su siguiente vida. Bien…, el problema que puede darse es que su herencia de Capricornio interviniera para censurarle su actitud ante la vida: «¿No crees que vas demasiado a tu aire?», le reprocharía. Y ello podría bloquear su aptitud natural de vivir como un Piscis y, así, hacer entrar en conflicto a la persona en cuestión.

Esa sensación de conflicto interior… Sí, sabía de qué hablaba.

—El ascendente es el primer equipamiento con que uno cuenta al nacer. Pero eso no significa que tenga por fuerza que vivir bajo su peso.

Y, sin embargo, ocurría demasiado a menudo, pensé mientras asentía con la cabeza.

De pronto, se cruzó por mi mente el recuerdo de mi hermano.

Quizá a él lo había asfixiado su ascendente durante toda su vida.

—Siguiendo su ejemplo del ascendente Capricornio…, ¿qué podría hacer la persona en dicha situación?

—Ahí es donde conocerse a sí mismo cobra una importancia vital. Uno debe preguntarse cómo quiere vivir. Es como tener una reunión consigo mismo para hacerse las preguntas importantes.

—¿Una reunión consigo mismo? —pregunté, sonriendo sin querer.

—Si llegas a la conclusión de que quieres vivir como un Piscis, como un pez en el mar, debes preguntarte también qué hacer con tu ascendente Capricornio, cómo aprovechar sus características en tu relación con el mundo y los demás.

—Eso significa que no tengo por qué vivir según los dictados de mi ascendente Virgo, ¿verdad?

—Cierto.

—Pero ¿qué pasa si, en mi reunión conmigo misma, llego a una conclusión errónea?

La vidente parpadeó con extrañeza.

—El error no existe —dijo.

—¿No…?

—Cada persona contiene un universo en su interior.

Sonreí nerviosa al oír aquellas palabras cargadas de misticismo. La mujer infló los carrillos, desconcertada, y añadió:

—Aunque nosotras tres estemos aquí sentadas, en el mismo lugar, cada una ve un paisaje diferente. El paisaje que usted ve es único e intransferible. Ese paisaje es su universo.

Tenía razón.

—Y las estrellas de su universo le prestarán la fuerza necesaria para decidir —prosiguió—. La respuesta a la que usted llegue resultará ser la correcta, por dolorosa que sea y por muchas vueltas que tenga que dar para alcanzarla.

—¿Y si no estoy dispuesta a sufrir ni a darle vueltas? —pregunté tímidamente.

Ella dejó escapar una risita.

—No se preocupe. No es indispensable para hallar la respuesta —respondió—. Las estrellas le iluminarán el camino, pero tendrá que ser usted quien decida su destino.

—Ah… —Resoplé como si me hubieran quitado un peso

de encima—. Todo esto es bastante interesante. De pronto, siento curiosidad por saber más sobre astrología.

—Me alegro mucho —contestó ella, mostrando una sonrisa de auténtica felicidad.

Tras los debidos agradecimientos por la lectura de la carta astral, Ayu y yo nos alejamos.

Me sentí muy satisfecha por el resultado a pesar de lo sorprendente de la situación.

Todo aquel razonamiento sobre mi energía presente, heredada de una vida anterior, me había insuflado ánimos.

Desde luego, habría deseado poder pagarle por tan edificante velada, pero ella, con una sonrisa, se había negado a aceptar dinero.

Dejamos atrás el centro comercial, y al subir al coche, que había dejado estacionado en el aparcamiento adyacente, sonó el timbre de mi teléfono móvil, como si hubiera estado esperando el momento preciso para hacerlo.

Esta vez era una llamada de mi madre.

Debía de haberla dejado tan perpleja la noticia de la boda de mi hermano que habría decidido llamarme.

—¿Mamá?

—Junko…

Su voz sonó apagada. Debía de estar temiéndose la irrupción de un nuevo conflicto familiar.

—Mamá… —balbucí, sin saber aún qué quería decir.

Mi madre se adelantó.

—A tu padre le ha dado un mareo esta mañana. Lo han ingresado en el hospital.

2

Junto a mi hija, puse rumbo a Kamakura, donde vivían mis padres.

Puesto que conducir no era mi fuerte y mi marido no podía dejar el trabajo para llevarnos, decidí que tomaríamos el tren en la estación de Tsukuba hasta Fujisawa, con transbordos en Kitasenju y Shinagawa.

Nos aguardaba un trayecto de dos horas y media, relativamente largo.

Había pensado dejar a mi hija con mis suegros, pero insistió en venir conmigo y cedí a sus ruegos.

Ayu solía aceptar a la primera lo que yo le ordenaba, pero en aquella ocasión se obcecó en que tenía que acompañarme, y así lo hizo.

Además, como tenía esa especie de sexto sentido, tal vez intuyó que el problema de mi padre era serio.

—Es la primera vez que vamos a la casa de la abuela en Kamakura, ¿verdad que sí? —dijo mi hija.

Le brillaban los ojos de ilusión mientras contemplaba el paisaje a través de la ventanilla del tren.

—Sí que hemos ido. Pero eras solo una bebé.

Después de la ruptura con mi padre, había vuelto en algunas contadas ocasiones en que él no estaba en casa. En dichas ocasiones, siempre había conducido mi marido. Pero en tren no había vuelto desde mis tiempos de soltera.

—Ah, ¿sí? ¿Y al abuelo lo vi entonces?

Sentí una punzada en el pecho al oírla preguntar aquello.

Mi hija nunca había visto a mi padre, su abuelo. Siempre traté de mantenerla alejada de él.

Sin darme cuenta, cerré los puños. Me dolía haber actuado así.

Ayu continuó contemplando alegremente el paisaje por la ventanilla, como si hubiera olvidado su pregunta.

«Lo siento mucho, Ayu», susurré para mis adentros.

Pero ¿debía sentirme culpable por no haber permitido que mi hija conociera a su abuelo?

No, no habría encontrado el modo de hacerlo.

Hasta aquel momento, habría sido imposible plantearse la idea...

Recordaba con toda nitidez el día en que nuestra familia se rompió, aunque, curiosamente, todas las imágenes se me aparecían teñidas de color sepia.

Era una sensación muy extraña.

Los hechos ocurrieron el mes en que yo comenzaba mis estudios universitarios.

Todavía no había llegado a acostumbrarme a la vida en la residencia de estudiantes.

Aquel día, mi madre me había llamado por teléfono y yo regresé a casa.

Mi madre estaba preocupada de que me faltase algo o que se me hubiera presentado algún problema en mi nueva vida fuera de casa, y decidió salir conmigo y con mi padre al centro comercial a comprar un poco de todo.

Después de aparcar el coche, ella le pidió a él que la acompañara, a lo cual mi padre había replicado con ostensible mal humor:

—Vaya fastidio…, salir ahora de compras. Termina rápido. Te espero en el coche.

Y, así, mi madre y yo nos dirigimos al centro comercial mientras él se quedaba en el coche.

Compramos todo aquello que pensábamos que sería necesario para mi nueva vida y el tiempo se nos pasó volando. Cuando quisimos darnos cuenta, se había hecho bastante tarde.

Mi padre había pasado todo el rato esperando en el coche.

—¿A qué viene esta tardanza? ¡Mujeres teníais que ser! —bramó, y durante el trayecto de vuelta a casa no dejó de gruñir.

En el asiento trasero del coche, yo apretaba los puños.

«Se acabó —pensaba—. No quiero volver a saber nada más de papá. No regresaré a casa ni siquiera cuando termine la universidad. Solo vendré a ver a mamá cuando papá no esté».

Me repetí aquellas palabras como si fueran un mantra.

Se dice que todo ser humano pasa por al menos un periodo de crisis en su vida.

Mientras el coche se dirigía a casa, mi madre trataba de mantener el tipo, haciendo lo posible por apaciguar la tensión del ambiente.

—Ah, se me ha ocurrido una cosa: esta noche, hagamos una barbacoa en el área de servicio —propuso.

De tal modo, mi padre no condujo hasta casa, sino hasta el área de servicio del barrio.

Si aquella noche hubiéramos dejado el coche en el aparcamiento de casa, el ruido del motor habría alertado a mi hermano de nuestra llegada. Lo último que podía él imaginarse era que, habiendo salido en coche, volveríamos a pie.

En el momento en que llegamos, mi hermano se encontraba en la sala de estilo japonés, contigua a la sala de estar. Se había puesto mi vestido blanco y se miraba al espejo.

Nos asustamos al verlo.

Y supongo que él también se asustó al vernos aparecer de repente.

Se quedó paralizado, con los ojos completamente abiertos.

Al verlo así, mi padre le propinó un puñetazo sin mediar palabra; con un sonido seco, mi hermano cayó de rodillas al suelo.

La sangre empezó a brotarle de la nariz y mi vestido blanco se tiñó de rojo.

—¿Qué perversión es esta, si se puede saber? —gritó mi padre, como si le exprimieran la garganta.

Agarró a mi hermano por el cuello.

Y en un abrir y cerrar de ojos…

Mi hermano dio un violento empujón a papá, que se desplomó sin ofrecer resistencia.

Me quedé de piedra al verlo caer.

A nuestros ojos, él siempre había sido una figura inexpugnable.

Ni en sueños habría imaginado que mi hermano menor tuviera la fuerza suficiente para derribar a papá con semejante facilidad.

Desde el suelo, nos miró lleno de perplejidad, y mi hermano, con el rostro hinchado y las lágrimas corriéndole por las mejillas, gritó:

—¡Ya lo sabéis! ¡Soy gay!

Me llevé una mano a la frente al recordar aquello.

Lo que vino después solo sirvió para empeorar las cosas.

—¡Fuera de esta casa! —le gritó mi padre a mi hermano.

Por fin reaccioné y fui yo quien gritó entonces, dirigiéndome a mi padre.

—¡Papá! ¿Te has vuelto loco? ¿Te crees que se puede ir así por la vida? ¡No te aguanto más! ¡No aguanto más esta casa! ¡Jiro y yo llevamos mucho tiempo sin aguantar más!

Papá no se dejó amedrentar. Se volvió a mí, hecho una fiera.

—¡Vete tú también! —me gritó—. ¡Y no vuelvas! ¡Olvídate de que vaya a pagarte la universidad! ¡Ponte a trabajar!

Se me cortó la respiración al oír aquello.

Papá sabía encontrar el punto débil de los demás y, sin piedad, dirigir su ataque allí.

Pero… Sí, tenía razón; nada que reprocharle: yo estaba viviendo y estudiando a costa de mis padres.

Quizá, trabajando a media jornada, pudiese costearme las tasas de la universidad y mi manutención, pero me llevaría un tiempo devolverle a papá el dinero que ya había puesto para mis estudios universitarios.

—¡Muy bien! ¡Eso es lo que voy a hacer! ¡Dejaré la universidad y me pondré a trabajar!

Donde las dan, las toman…

Finalmente, gracias a la intervención de mi pobre madre, que no paró de llorar, acordamos que yo pagase una parte de las tasas y papá y mamá la otra, y de esa manera pude continuar mis estudios.

¿Cuántos años habían transcurrido ya desde entonces?

Tenía cierta sensación de que el tiempo se había detenido, supongo que porque no había vuelto a ver a papá desde aquel día. Después de tanto tiempo, el recuerdo de lo ocurrido seguía llenándome de rabia.

Me había mentalizado por completo de que mi padre ya no formaba parte de mi vida y estaba segura de que así seguiría siendo para siempre.

Ahora me enfrentaba a la posibilidad de que mi padre muriese sin haber vuelto a verlo, y la idea de que algo así pudiera llegar a ocurrir producía en mí una serie de pensamientos encontrados.

3

Dos horas y pico después de haber salido de la estación de Tsukuba, el tren llegó a Fujisawa. Hicimos transbordo en Enoden y, quince minutos después, estábamos en la estación de Kamakura, la más cercana a la casa de mis padres.

—¡Cuánto tiempo sin bajarme en esta estación!

Era una estación pequeña, sin ninguna particularidad, casi siempre vacía, pero el paisaje que se contemplaba desde el andén era espectacular: todo un despliegue de naturaleza, con el mar al fondo.

Dichas vistas le habían valido ser elegida entre las cien mejores estaciones de la zona de Kanto y convertirse, de paso, en uno de los lugares más populares de Kamakura.

Para mí, era un entorno familiar que me había acompañado desde que nací hasta que entré en la universidad.

Era innegable que le tenía aprecio a aquel lugar, pero nunca había podido entender a los turistas que se acercaban expresamente hasta allí para visitarlo.

Ahora, sin embargo, sí los comprendía.

Aquel mar que hacía tanto tiempo que no tenía ante mí, su belleza y su inabarcable extensión... me impresionaron hasta dejarme casi sin respiración.

Pequeños trenes iban y venían a lo largo de la línea costera.

Volver a reencontrarme con aquel paisaje me hizo respirar hondo.

Me parecía un milagro.

—Aah… —exclamó Ayu extendiendo los brazos. También ella estaba impresionada—. ¡Qué grande es el mar!

A pesar del entusiasmo inicial de Ayu, el cansancio había acabado haciendo mella en ella y la segunda mitad del trayecto se le había hecho cuesta arriba. Sin embargo, ante aquellas vistas se le fue el cansancio y los ojos le brillaban de emoción.

Naturalmente, nada me hacía tan feliz como verla a ella tan contenta.

Aquel paisaje me tocó el corazón con más intensidad de lo que habría esperado. Noté que los ojos se me llenaban de lágrimas y, para tratar de evitarlas, tomé a Ayu de la mano e iniciamos la marcha.

—¡Adelante! —dije, y, de inmediato, Ayu se puso a caminar dando saltitos.

—Aquello es un cementerio, ¿no? —preguntó de manera inesperada cuando nos aproximamos a la zona trasera de la estación.

—Sí, es verdad. Aquí detrás hay un cementerio —respondí.

—Qué bien que se vea el mar desde aquí.

—Sí.

Saqué el teléfono móvil y tecleé un mensaje para mi madre.

Acabamos de llegar a la estación.
¿Crees que podemos pasarnos ahora
por el hospital?

La respuesta de mamá no tardó en llegar.

Hoy le hacen varias pruebas a tu padre.
Yo vuelvo a casa. ¿Os parece bien pasar
el día en casa hoy?

Perfecto.

Devolví el móvil al bolso.

Todavía no estaba preparada para verlo, así que me alivió no tener que pasarme directamente por el hospital nada más llegar.

—Ayu, ¿qué te parece si paseamos por la playa?

—¡Viva!

Salimos de la estación y bajamos unas escaleras.

Las olas murmuraban apaciblemente.

Puesto que estábamos en diciembre, apenas había personas paseando.

El día estaba completamente despejado, y mar y cielo, de azul puro, se fusionaban en una sola gran extensión.

La superficie del agua lanzaba una infinitud de destellos al reflejar la luz del sol.

Ayu se soltó de mi mano y se lanzó a correr, lanzando grititos de alegría.

Iba a decirle que tuviera cuidado con no caerse, pero me callé.

La arena de la playa era blanda y suave. Si se caía, no se haría daño. Así que dejé que corriera y disfrutara tanto como quisiera.

En aquel lugar, uno podía sentir la energía de la brisa fresca y de la superficie brillante del mar.

Ayu, resplandeciente de alegría, volvió a reunirse conmigo.

—Mamá, ¿tú jugabas en esta playa cuando eras pequeña? —preguntó candorosamente.

—Sí —asentí y dirigí la vista al horizonte—. Venía a menudo a jugar aquí.

Venía con mis amigas y también con mi hermano. Traíamos a pasear a Rin.

Podría pensarse que un paisaje solo con mar no experimenta cambios, pero nada más lejos de la realidad.

Con el transcurso de las estaciones, el color del cielo y la forma de las nubes cambian, y el mar ofrece una cara diferente. En primavera es apacible, en verano alegre, en otoño melancólico y en invierno exigente.

—Recuerdo los fuegos artificiales de la primavera.

—¿Se pueden hacer fuegos artificiales en la playa? —preguntó Ayu con gesto de preocupación. Los lugares en que estaba permitido hacer fuegos artificiales habían venido restringiéndose en los últimos años.

—Ahora no lo sé. Pero cuando yo era pequeña sí, siempre y cuando todo quedara limpio al final.

Mientras contestaba, recordé aquel tiempo lejano. Recordé lo bien que lo pasaba con mi hermano encendiendo bengalas en la playa. A Rin le daban un poco de miedo y se cobijaba detrás de mí.

Encendíamos distintos tipos de bengala y siempre dejábamos para el final las más pequeñas porque no le daban miedo a Rin. Entonces se sentaba a mi lado a mirarlas con nosotros.

—Qué recuerdos… —suspiré.

—Mamá, ¿y aquella isla? —preguntó Ayu, señalando un islote cuyo contorno se dibujaba más allá de la línea costera.

—Enoshima.

También el recuerdo de Enoshima me produjo nostalgia. Allí había llevado a menudo a Rin de paseo. Había muchos gatos, pero Rin se llevaba bien con ellos.

Me hubiera encantado enseñar Enoshima a Ayu, pero aquel no era el momento adecuado.

—Ayu, ¿vamos a casa de la abuela? —propuse, tendiéndole la mano a Ayu.

Mi hija tomó mi mano y asintió con la cabeza.

Subimos las escaleras y dejamos la playa atrás.

A nuestras espaldas todavía se oía el murmullo de las olas.

4

Caminamos rumbo a la población donde se encontraba la casa de mis padres.

HASEGAWA, decía la placa de entrada a la casa. Era mi apellido de soltera.

Apenas había espacio para un jardín y una plaza de aparcamiento.

No había ningún coche ocupando la plaza. Habíamos tenido un sedán blanco, pero mi padre había dejado de renovar su carnet de conducir y, por tanto, de usar el coche. El lugar del vehículo lo ocupaban dos bicicletas eléctricas y varias jardineras repletas de plantas y flores.

—¿Aquí vive la abuela?

—Aquí es. —Presioné el botón del telefonillo.

No hubo respuesta.

—No debe de haber vuelto todavía del hospital... —supuse.

—¿Y no podemos entrar?

—Sí. Tengo llave.

Después de la ruptura con papá, había querido devolverle mis llaves a mamá, pero esta me pidió que me las quedara, por si acaso.

Entramos en el vestíbulo y de inmediato me inundó aquel olor tan familiar de mi niñez: el incienso del altar de Buda, el ambientador con esencia de olivo fragante que tanto le gustaba a mi padre, y el aroma de los guisos de mi madre…

—Huele a la abuela, ¿eh? —comentó Ayu al tiempo que abría la puerta de la derecha del vestíbulo.

Pasamos a la sala de estar. A continuación, se encontraban el comedor y, al fondo, una sala de estilo tradicional japonés.

Al otro lado del sofá y de la mesa de la sala de estar, se iniciaba el corredor exterior de la casa, con sus ventanales.

Antes de que naciera mi hermano, el corredor estaba abierto como un gran balcón, pero, para evitar el frío que entraba en invierno, mis padres habían decidido cerrarlo e integrarlo en la casa.

Había en el pasillo una gran columna en la que me gustaba apoyarme para leer.

Rin venía y se sentaba sobre mis pies. «Rin», decía yo, y Rin se daba la vuelta y me miraba con una afable sonrisa. Me parecía tan guapo que dejaba la lectura y lo abrazaba, y notaba en mis mejillas su calor y la suavidad de su pelo.

Le tenía un cariño enorme.

Después de cumplir trece años, Rin empezó a tener dificultades para moverse.

A menudo se ponía enfermo. El veterinario nos dijo que nos fuéramos mentalizando de que se estaba haciendo mayor.

Fue a finales del año en que empecé a trabajar cuando mamá llamó para decirme que Rin estaba muriéndose.

Entonces caí en la cuenta de que también había sido un día del mes de diciembre.

«Le queda poco de vida. Papá hoy vuelve tarde por el trabajo. Por favor, Junko, ven a casa». Ya atardecía cuando me llamó para comunicarme aquello.

Salí del trabajo inmediatamente, aduciendo que no me encontraba bien.

Aun así, fue demasiado tarde. Cuando llegué a casa, Rin ya había muerto.

Estaba tendido con los ojos cerrados, en el corredor, como en cualquier otra ocasión en que simplemente dormía.

«¡Rin!». En cualquiera de esas otras ocasiones, habría levantado la cabeza y me habría sonreído con ojos somnolientos.

Aquella noche, permaneció inmóvil.

Lo acaricié y aún pude notar su calor en la palma de mi mano, pero su cuerpo había adquirido cierta rigidez, un tacto que desconocía en él.

Fue entonces cuando verdaderamente me di cuenta de que Rin no volvería a levantarse.

Me aferré a su cuerpo inerte y, con un gemido desgarrado que me brotó de lo más profundo de la garganta, rompí a llorar.

«Perdona, Rin. Perdona», repetí mientras lloraba y lo acariciaba.

Yo lo había traído a casa y yo lo había abandonado.

Me había ausentado cuando él más había necesitado estar acompañado.

Se me hizo un nudo en la garganta al recordarlo y los ojos se me llenaron de lágrimas.

Después de llorar durante un rato, me disculpé ante mamá y salí de casa, no sin antes decirle que volvería al día siguiente para ayudar con todo lo que tuviera que ver con la cremación y el entierro.

Estaba agotada, física y mentalmente, y por nada del mundo quería quedarme aquella noche y verme, cara a cara, con mi padre.

«Eres una irresponsable», me habría reprochado con toda seguridad.

Aunque yo misma pensaba que tenía razón, no estaba dispuesta a oírlo de sus labios.

Y allí estaba yo, en el andén de la estación de Kamakura, completamente sola bajo aquel inmenso cielo negro.

El viento frío del invierno me golpeaba sin piedad las mejillas, humedecidas por las lágrimas.

Todavía me dolía como si hubiera ocurrido ayer.

—¡La abuelita ha vuelto! —exclamó Ayu, sacándome de mis pensamientos.

Ayu debía de haber visto a mi madre por la ventana y corrió al vestíbulo.

—Ayu, no corras dentro de casa —la reprendí mientras me enjugaba las lágrimas que ya asomaban en mis ojos.

—¡Abuela!

—¡Ah, Ayu, ya habéis llegado!

La voz animada de mi madre me hizo sonreír.

—¡Junko, hija! Perdonadme que llegue a estas horas —se disculpó mamá al verme. Venía cargada con dos bolsas de la compra llenas a rebosar, una en cada mano.

Las dejó sobre la mesa de la sala de estar.

—Mamá, si me hubieras dicho que necesitabas hacer la compra, me habría encargado yo de ello.

—Todo esto es para Ayu —dijo mamá.

Efectivamente, una de las bolsas estaba repleta de dulces, golosinas y juguetes.

—¡Aah! —exclamó Ayu, radiante de alegría, tras echar un vistazo—. ¡Hay cosas de *Los ángeles de la estrella fugaz*!

—Esta bolsa es toda tuya —indicó mamá, por si quedaba alguna duda, mientras se la entregaba.

—¡Gracias, abuela!

Ayu tomó la bolsa y se dirigió al corredor. Allí fue sacando, uno a uno, cada juguete, cada dulce, celebrando cada descubrimiento con exclamaciones de alborozo.

—Mamá…, ¿por qué te has molestado? Con lo que está pasando…

—Es lo menos que puedo hacer si me visita mi nieta.

—Bueno, mamá, y, dime, ¿cómo se encuentra papá?

—Esta mañana, en casa, fue a tomarse una taza de té y la mano no le respondía. Acabó tirando todo al suelo. Tampoco podía hablar apenas.

—¿Y entonces…?

—La cosa pintaba mal y llamamos a una ambulancia. Nos dijeron que menos mal que los habíamos avisado a tiempo, que su vida no corre peligro, aunque es posible que pierda algo de movilidad. Tal vez va a tener que pasar por una larga rehabilitación, pero al menos se ha salvado.

Parecía profundamente aliviada.

—Mamá, has debido de pasarlo muy mal —susurré casi sin querer.

Ella no pareció entenderme.

—¿Decías?

—Nada. —Sacudí la cabeza.

—Esta tarde vamos a tener que ponernos manos a la obra —dijo mamá, sonriendo.

—Y aquí me tienes para echarte una mano —dije yo, devolviéndole la sonrisa.

Cenamos un guiso de verdura y ternera condimentado con salsa de soja.

—¡Qué rico, qué rico! —repetía Ayu, entornando los ojos—. Mañana vamos a ver al abuelito, ¿a que sí?

Rebosaba de entusiasmo. Mi madre, por su parte, estaba encantada con Ayu, pero no pude evitar sentir cierto desasosiego.

Después de la cena, mi madre y Ayu tomaron un baño, y, al poco, mi hija se quedó dormida sobre el tatami, agotada seguramente por el viaje.

Me apresuré a prepararle la cama para acostarla.

Mi madre puso una tetera al fuego y, al verme entrar en la cocina, entornó los ojos en una sonrisa.

Me pregunté si ella misma había hecho el altar de Buda. También allí había colocado una fotografía de Rin. A un lado del altar, reposaba un pequeño álbum de fotos. Lo tomé en mi mano y le eché un vistazo: todas ellas eran fotos de Rin.

Al verlo tan lleno de vida en aquellas fotos, sentí una profunda emoción.

—Mamá… —susurré.

—Junko, el té está listo.

Cerré el álbum y lo dejé donde estaba.

—¡Voy!

Me acerqué a la habitación a comprobar que Ayu dormía y acudí a la sala de estar.

—Lo estás llevando muy bien, mamá. Me refiero a lo que le ha pasado a papá…

—Ya lo pasé bastante mal cuando a tu padre le dio el mareo —dijo, colocando dos tazas de té en la mesa—. Y me temí lo peor… Así que, cuando me han dicho que su vida no corre peligro, no veas qué alivio.

Asentí con la cabeza. Para mamá, su marido había seguido siendo lo más importante en su vida, a pesar de su irascibilidad e incluso después de nuestra ruptura con él.

—Además, la experiencia de ser madre durante tantos años le endurece a una.

—Supongo que sí… Aunque para mí es pronto para poder decir algo así.

—Tú has pasado por lo tuyo. Pero no te rendiste hasta conseguir el hijo o la hija que siempre deseaste. Gracias a tu empeño, obtuviste tus frutos.

—No exageres, mamá —dije con cierta amargura, mientras me sentaba frente a ella.

—¿Que no exagere?

—En realidad, me había rendido. Me harté del tratamiento y lo dejé antes de quedarme embarazada de Ayu.

—Ah, ¿sí?

No fue solo que me cansara, es que además el tratamiento estaba convirtiéndose en una carga económica.

—Papá me había hecho creer que debía tener un hijo a toda costa, que esa era mi misión en la vida.

Mi madre abrió mucho los ojos, sin acabar de entender.

—«Las mujeres deben casarse lo antes posible y tener hijos». ¿No era eso lo que papá decía? —pregunté.

—Aah…, eso. —Asintió con la cabeza.

—Las moralinas de papá se convirtieron en una carga, una especie de maldición. Y me obsesioné con quedarme embarazada lo antes posible. Cuando me di cuenta de la trampa en que papá me había metido, dejé el tratamiento y lo dejé todo.

Recordé haberme sentido agotada aquellos días.

«Voy a dejar el tratamiento —le dije a mi marido—. Hemos hecho todo lo que hemos podido». Y sentí un alivio instantáneo en cuanto pronuncié aquellas palabras. Mi marido y yo podíamos llevar una vida plenamente satisfactoria sin necesidad de tener hijos.

Abandonar algo —rendirse— también significa aceptar la realidad.

Y mi obsesión se disolvió. Dejé de experimentar la sensación de apremio que solía notar cada vez que veía a un niño pequeño.

El desasosiego se tornó en una liviana esperanza.

—Y entonces llegó Ayu. —Apoyé la mejilla en la palma de la mano.

La noticia de mi embarazo me dejó atónita.

A pesar de lo mucho que lo había deseado, cuando por fin sucedió solo sentí un estupor lleno de incredulidad.

Tal vez era eso lo que se sentía al cumplirse un sueño.

—Así que así fue… —dijo mamá en apenas un hilo de voz, al tiempo que bajaba la mirada—. Hija, cuánto lo siento. Cuánto siento que las palabras de tu padre te afectasen tanto.

—Mamá, tú no tienes culpa de nada. Al contrario. Tú eres quien ha tenido que aguantar a papá…

Negó con la cabeza y dijo:

—Te equivocas, hija.

Iba a añadir algo más, pero entonces mi teléfono móvil vibró.

«Puedo llamarte ahora?», decía el mensaje que apareció en la pantalla. Era mi marido.

Mamá se puso en pie.

—Me voy a acostar, hija.

Comprendí su intención: quería dejarme sola para permitirme hablar con mi marido en privado.

—Que descanses, mamá —le dije y, en cuanto salió de la sala de estar, marqué el teléfono de mi marido—. Perdona, no he tenido ni tiempo para llamarte… Papá está bien, dentro de lo que cabe.

—¿Vais mañana al hospital a verlo? —preguntó él.

Naturalmente, estaba al corriente de mi problemática relación con papá. Había cierta cautela en su pregunta y me invadió la indecisión: no supe qué contestar.

—Sí —dije por fin—. Ayu quiere conocer a su abuelo. En cuanto a mí…, si te soy sincera, no me apetece lo más mínimo ir a verlo. Pero no tengo derecho a seguir privando a Ayu de su abuelo.

Podría, tal vez, quedarme en casa y dejar a Ayu a cargo de mi madre, pero me daba miedo lo que mi padre pudiera decirle.

—Entiendo —repuso mi marido, exhalando un suave suspiro.

Parecía haber comprendido y, hasta cierto punto, se sentía aliviado.

—¿Qué tal Kamakura? —preguntó—. ¿Se ven bien las estrellas?

Tuvo la gentileza de cambiar de tema. Sonreí.

—¿Las estrellas? Pues no sé… Supongo que más o menos como en Tsukuba.

Pasadas las doce de la noche, desde Tsukuba podía contemplarse un magnífico cielo nocturno cuajado de estrellas.

Charlamos de asuntos sin importancia y, después de colgar, dejé las tazas de té junto al fregadero.

Busqué agua fría en la nevera —me apetecía beber un poco antes de darme un baño— y me di cuenta de que no había leche.

Ayu siempre tomaba leche en el desayuno y, además, me apetecía preparar algo especial, aprovechando la excepcional visita a la casa de mis padres. Unas tostadas francesas no estarían mal.

Me puse la chaqueta y salí de casa con la esperanza de encontrar abierto algún autoservicio veinticuatro horas por allí cerca.

Cerré con llave y caminé calle adelante, sumida en el silencio de la noche. Hacía frío, pero era agradable.

Levanté la vista al cielo. El cielo nocturno era como el que podía observarse desde cualquier otro lugar.

«Quizá desde la playa se vea mejor», pensé.

Pero era tarde. ¿Sería peligroso acercarse a la playa? En fin, al menos podría acercarme hasta la estación de tren.

Caminé como en una nube de nostalgia y llegué a un lugar desde el que se atisbaba el mar. Estiré el cuello para contemplarlo.

Localicé unas luces difusas en la playa, en dirección a Enoshima. Agucé la vista: las luces parecían provenir de un remolque allí aparcado.

«¿Qué será?».

Bajé los escalones de piedra que conducían a la playa y el suave arrullo de las olas me envolvió una vez más.

Aparcada bajo la tenue luz de la media luna, que pendía en el cielo, aquel remolque resultó ser una cafetería ambulante. Ante esta, un flamante cartel anunciaba: CAFÉ DE LA LUNA LLENA, mientras una mesa y sus sillas aguardaban, vacías, al próximo cliente.

«Qué raro —pensé, entornando los ojos y recordando haber visto aquella cafetería ambulante en el parque de Tsukuba—. ¿Cómo es que está aquí también?».

Un gato negro descansaba sobre la mesa. Mecía el rabo como un péndulo, al ritmo de las olas.

Me miró. Y entonces maulló.

5

Debía de ser un sueño.

¿Una cafetería ambulante en la playa? ¿Un gato que parecía querer hablarme?

Me volví y me vi, de niña, junto a mi hermano y Rin. Habíamos encendido unas bengalas y contemplábamos, ilusionados, las estrellitas brillantes que brotaban de ellas.

«¿Por qué...?».

Sobrepasada por la emoción, rompí a llorar.

—¿Mamá, estás bien?

Abrí los ojos.

Ayu me miraba con preocupación.

El primer sol de la mañana se colaba, deslumbrante, por el ventanal del corredor.

Arrugué la frente.

La noche pasada, había caminado hasta la playa y había encontrado aquella cafetería ambulante. Después de eso, no podía recordar nada.

Solo una cosa: recordé haber llorado en sueños. Noté entonces que tenía las mejillas húmedas, también los párpados.

—Mamá, ¿te duele la tripa?

Ayu entornaba los ojos, preocupada por mí.

Verla así me produjo tanta ternura que no pude menos que abrazarla.

—No, no. Es que estaba soñando.

—¿Era un sueño triste?

—No lo recuerdo…

Pero no me parecía que hubiera sido un sueño triste.

Me incorporé en la cama.

—Tendrás hambre, Ayu. Vaya…, había pensado preparar un buen desayuno esta mañana.

Desde la cama, algo captó mi atención al otro lado de la puerta. Sobre la mesa de la sala de estar, dentro de mi campo de visión, había una bolsa de pan de molde. De pronto, sentí el extraño pálpito de haberlo comprado la noche anterior en el autoservicio.

—Entonces… ¡sí que salí a comprar! —murmuré.

Me levanté sin tiempo que perder y cogí la bolsa. Corrí a abrir la nevera. Efectivamente, allí había una botella de leche.

—Mamá, ¿qué pasa?

—Nada —contesté sacudiendo la cabeza—. Que voy a prepararte unas tostadas francesas que te vas a chupar los dedos.

—¡Viva! —exclamó Ayu levantando ambos brazos.

—Buenos días —saludó mi madre, entrando en la sala de estar—. ¿He oído bien eso de las tostadas francesas? ¡Cómo nos vamos a poner!

—¡Abuelita! ¿Iremos a ver al abuelo?

—Por supuesto. Iremos en taxi.

Respiré hondo un poco abrumada por aquella escena. Pero, a diferencia del día anterior, no experimenté ninguna amargura.

Después de confirmar por teléfono el horario de visitas, tomamos un taxi rumbo al hospital, en Fujisawa. El taxi nos dejó frente al vestíbulo del enorme edificio.

Ayu, siempre tan temerosa de los hospitales, entró dando alegres saltitos.

—Es increíble, Ayu. Pero si no puedes ni ver los hospitales.

—Es que hoy no van a ponerme ninguna inyección...

Mi madre esbozó una divertida sonrisa.

A medida que nos acercábamos a la habitación donde estaba ingresado mi padre, noté cómo el corazón iba acelerándoseme.

¿Cuánto tiempo hacía que no lo veía?

«Tatsuo Hasegawa», leí en la placa de la puerta, y sentí una presión en el pecho.

Al parecer, le habían asignado una habitación individual.

Mamá golpeó con los nudillos sin pensárselo dos veces y empujó la puerta sin esperar respuesta desde dentro.

—Soy yo. ¿Cómo te encuentras?

—Ah... Bastante mejor.

Oí aquel breve intercambio de palabras desde el pasillo, donde me había quedado paralizada. Ayu, sin embargo, siguió a mi madre alegremente al interior de la habitación.

—Hola, abuelito. Encantada de conocerte. Me llamo Ayu Ichihara —dijo Ayu con voz firme y segura.

Di un respingo y me asomé a la habitación.

Mi padre se encontraba recostado sobre la cama, plegada en cuarenta y cinco grados.

Guardaba en la memoria la imagen de un hombre de complexión fuerte, pero me encontré con un hombre enjuto y menudo.

Mi padre miraba a Ayu con los ojos muy abiertos.

—Mira qué niña tan guapa —dijo mi madre con los ojos empapados de lágrimas mientras acariciaba el pelo a mi hija.

De pronto, mi padre entornó los ojos. Parecía haberse percatado de mi presencia ante la puerta. Su rostro se ensombreció y apartó la mirada de mí.

—Hola —dijo secamente, volviéndose hacia Ayu, que tan elegantemente se había presentado.

Me di cuenta entonces del tipo de persona que era, de que no tenía remedio, y noté de nuevo cómo la rabia se abría camino en mí.

Ayu no parecía intimidada. Dio unos pasos hacia la cama.

—Gracias, abuelito, por los dulces y los juguetes de ayer.

Mi padre frunció el ceño.

—Todo lo que había en la bolsa estaba genial —continuó Ayu.

Mi padre, lleno de confusión, miró a mi madre.

—¿Es que se lo has dicho? —preguntó.

—No —contestó mi madre, meneando la cabeza.

Creí entonces comprender lo que había sucedido.

Mi padre debía de haberle pedido a mamá que comprara unos cuantos juguetes y dulces para dárselos a Ayu, en caso de que me acompañara. Y mi hija, tan despierta, había intuido que aquella bolsa rebosante de cosas no podía proceder solo de mi madre.

—Ayu está entusiasmada con *Los ángeles de la estrella fugaz* —le explicó mamá—. ¿Conoces la serie?

—Ni idea...

—Es una monada de serie. La favorita de Ayu es la chica estrella —aclaró mamá.

Mi padre asintió rígidamente con la cabeza, mirando a Ayu, que mantenía la misma actitud serena.

Aquel gesto, pese a su ostensible torpeza, sirvió para aliviar la tensión del ambiente.

Me quedé perpleja.

—Ayu, voy a ir a comprar alguna bebida —me excusé y salí.

No podía soportar ni un segundo más en la habitación.

Encontré un área de descanso con máquinas expendedoras y me senté en uno de los bancos allí instalados.

Respiré hondo.

Enseguida apareció mi madre. Debía de haberse preocupado.

—Junko, ¿estás bien?

Vi en su mirada el dolor que mi rostro debía de estar expresando.

—Mamá, ¿qué es esto? ¿Dónde está el padre colérico que yo conocía? ¿Quién es este anciano, torpe y desmañado ante su nieta?

Todavía no me sentía capaz de aceptar que aquel hombre fuera mi propio padre.

Agaché la cabeza y mi madre se sentó junto a mí.

—Hija, tu padre siempre ha sido torpe, desde joven. —Guardé silencio y mamá continuó—: Y siempre tuvo el mismo humor de perros.

—¿Qué quieres decir?

—¿Te acuerdas de Maki? Le tenías mucho aprecio.

Maki era la joven vecina que vivía en la casa de enfrente, una dinámica e inteligente estudiante de inglés en la universidad. Sabía de todo y era un encanto. Yo era una niña entonces y quería ser como ella.

—La contrataron fuera de Japón y dejó el país. Su madre la echaba mucho de menos. Recuerdo haberle hablado a tu padre de lo triste que me pondría si tú te fueras al extranjero a trabajar, aunque me sintiese orgullosa de ti, y recuerdo lo nervioso que se puso porque también él te quería cerca, a su lado.

Tragué saliva y dije:

—Pero no creo que él me echase tanto de menos… Siempre estaba hecho una furia. Acuérdate de cuando trajimos a Rin a casa.

«¡Un perro vive pocos años! ¡Ya verás lo mal que lo vas a pasar cuando se muera!», había dicho. Me mordí el labio inferior al recordar aquellas palabras.

—Tu padre te vio tan feliz cuando trajiste a Rin que se le rompió el corazón pensando en lo mucho que sufrirías cuando muriese. Y él quería advertirte de eso.

Sentí cierto mareo.

—Sí, pero… No se puede decir algo así, por las buenas, a una niña. Además, por más que uno sea consciente de ello, nunca se puede evitar ponerse triste cuando llegue el momento.

—Tienes razón… —admitió mi madre con una sonrisa amarga—. Tu padre, de niño, tuvo un perro, y lo único que quiso es que tú no sufrieras como él sufrió cuando el perro murió. Pero ya ves con qué torpeza y falta de delicadeza lo hizo…

¿Papá había sido, más que nada, un patoso desde siempre? Fruncí el ceño.

—Un momento, mamá. ¿Y qué me dices de cómo se puso con Jiro? Eso no se quedó en una simple torpeza.

—Con él, se pasó de la raya… Si ya contigo le había faltado tacto, lo de Jiro se le fue de las manos.

Asentí con la cabeza.

Lo que más me dolía, por encima de todo, era cómo había tratado a mi hermano Jiro.

—Tu padre veía en Jiro a un muchacho tan sensible y débil que pensaba que la única manera de hacerlo madurar era siendo duro con él. Tu abuelo había sido muy estricto con tu padre y, por eso, creía que era la única manera de actuar.

Casi no lo recordaba —yo era muy pequeña cuando mi abuelo murió—, pero había oído que era un hombre muy severo.

—Tu padre había querido ser fotógrafo, ¿lo sabías? Tu abuelo se opuso tajantemente y lo puso a trabajar en un oficio «serio». Finalmente, las cosas le fueron bien y, de algún modo, reconoció que quizá tu abuelo había tenido razón. Por eso, él también se mostró tajante en cuanto a Jiro.

—¿Papá quiso ser fotógrafo?

Tan sorprendida estaba que me incliné hacia delante.

—Como lo oyes. Hay un álbum en el altar de Buda repleto de fotografías de Rin. Todas las fotos las hizo papá con una cámara réflex. Fue papá, más que yo, quien se encargó de Rin cuanto te fuiste de casa.

El corazón me palpitaba con fuerza.

—Como tú misma has dicho, tu padre no se limitó a realizar simples torpezas. En cualquier caso, él era consciente de sus defectos y comprendía que no quisierais volver a verlo. Y, dentro de sus posibilidades, trató de seguir haciendo por vosotros lo que estuviese en sus manos desde la sombra, por decirlo así.

De algún modo, lo había presentido. Mamá me había ayudado mucho, con las tasas de la universidad, con mi boda y cuando nació Ayu. Quizá papá también había tenido algo que ver.

Aunque así hubiera sido, me resistía a admitirlo. El gesto de fastidio que se me escapó hizo suspirar a mamá.

—Tu padre se empeñó en que no dijera nada.

La miré, desconcertada.

—¿Recuerdas que, cuando Rin estaba agonizando —continuó—, te dije que tu padre tenía mucho trabajo y todavía no había vuelto a casa? Era mentira.

—¿Mentira?

—«Llama a Junko y, si pregunta por mí, dile que no estoy en casa», me pidió tu padre.

Abrí los ojos, incapaz de articular palabra.

—Hija, sé lo mal que lo has pasado. Pero lo que quiero que entiendas es que para tu padre las cosas tampoco han sido fáciles.

Dicho aquello, mi madre se puso en pie.

—Vuelvo a la habitación —anunció, y salió del área de descanso.

Absorta, la contemplé alejarse.

Sentía tal confusión dentro de mi cabeza que no podía pensar.

Mi padre, con su actitud despótica, era lo que hoy día llamarían un padre tóxico.

Incurría, sin duda, en una actitud injustificable.

Al menos, así era desde el punto de vista del mundo actual...

Dándole vueltas a aquello, sumida en mis pensamientos..., tuve, de pronto, la impresión de oír el murmullo de las olas.

Imágenes de la noche anterior recuperaron su nitidez en mi memoria…

La media luna asomaba en el cielo nocturno y, sobre la arena de la playa, el remolque del Café de la Luna Llena aguardaba paciente.

El gato negro sobre la mesa volvió la cabeza para mirarme. ¿Se habría dado cuenta de mi presencia?

—Bienvenida. Estábamos esperándote —dijo.

Lo cierto es que no me sorprendí demasiado de que hablara.

Me embargaba la sensación de encontrarme inmersa en un sueño.

Más que el hecho de que un gato pudiera articular palabras, lo que me llamó la atención fue lo que había dicho.

—¿Estabais esperándome? —pregunté.

—¿Acaso no mencionó nuestro maestro que pronto volveríamos a vernos? —contestó el gato negro, entornando sus grandes ojos de color violeta. Seguidamente, retiró una tarjeta colocada encima de la mesa en la que se leía «Reservado», e hizo un gesto invitándome a tomar asiento.

Al parecer, aquella mesa estaba reservada para mí.

Acepté y me senté sin poder sacudirme de encima la extraña impresión que me causaba todo aquello.

Elevé la vista al cielo nocturno y descubrí la extraordinaria y hermosa inmensidad del firmamento tachonado de estrellas.

—¡Aah! —exclamé, maravillada, ante aquel magnífico despliegue de belleza.

No había duda de que solo en las noches de invierno las

estrellas titilaban tan nítidamente. Sí, solo en las noches de invierno… Pero ya no tenía frío.

El murmullo de las olas llenaba el aire, cual banda sonora de la cafetería ambulante.

Mientras contemplaba absorta el inmenso cielo, del interior del remolque surgió la gran figura del maestro, el gato tricolor.

Lo recordaba perfectamente.

Se acercó a mí, sonriente.

—Bienvenida de nuevo. Como ya sabe, no encontrará nuestro Café de la Luna Llena en una localización fija. Bien podría hallarlo en una popular avenida comercial, en la última estación de tren o a orillas de un río. Además, aquí no aceptamos pedidos de nuestros clientes. Somos nosotros quienes nos encargamos de traer la bebida, la comida o el postre que mejor se ajuste a sus requerimientos.

—Perfecto. —Le devolví la sonrisa al maestro.

—Pues bien, aquí tiene su bebida —dijo el gato tricolor, poniendo ante mí un vaso de considerable tamaño.

Era un vaso de cristal transparente, con una forma que recordaba la de un tarro sin asas. En su interior, había té negro, hielo y una pequeña bengala encendida que lanzaba sus chispas junto a suaves chasquidos.

—Té frío de bengala —anunció el maestro.

—¿Eh? —Acerqué el rostro al vaso para mirar la bengala que chisporroteaba en el interior del líquido. Me pregunté en qué consistiría el truco.

—El efecto surge de una selecta combinación de recuerdos y hojas de té. Una vez que la bengala termine de arder, cuando haya saltado la última chispa, ese será el momento de disfrutar de la bebida —explicó depositando una pajita ante mí.

«Una selecta combinación de recuerdos y hojas de té». Aquello sonaba de lo más exótico. Sonreí.

La hermosura de aquella bengala color ámbar era tal que solo podía deberse a un milagro.

Me quedé como hipnotizada, contemplando el interior del vaso.

De pronto, oí unas voces de jolgorio a mis espaldas.

Me volví y descubrí a un niño y a una niña que contemplaban una bengala que ellos mismos, previamente, habían encendido.

Junto a la niña, había un perro que recordaba a un shiba inu.

Carraspeé.

Éramos nosotros, mucho tiempo atrás: yo, mi hermano y Rin.

Cuando éramos estudiantes de primaria, nos gustaba encender bengalas en verano.

Detrás de nosotros se divisaba una figura. Era un hombre adulto.

En silencio y separado unos pasos, velaba por nosotros.

Era mi padre.

Se apagó la bengala y nos pusimos en pie. Entonces, mi padre recogió algunas cosas y se puso en marcha sin pronunciar palabra.

Sujeté a Rin por la correa y lo seguimos, como quien sigue a un guía.

¿Cómo era posible que me hubiese olvidado de aquello?

Era como si me hubiera empeñado en recordar solo lo malo de él.

Me había desprendido, arrojándolos fuera de mí, de los buenos recuerdos.

Los cubitos de hielo del té tintinearon.

La bengala exhaló su última chispa.

Al mismo tiempo, nuestra imagen se evaporó y desapareció.

Completamente desconcertada, sujeté la pajita entre mis dedos y di un trago al té frío de bengala.

El té era intenso pero no amargo. Tenía un leve toque de dulzura, quizá de miel.

A medida que su sabor se extendía por el paladar, los ojos se me fueron llenando de lágrimas.

—Está delicioso… —murmuré.

—Me alegro —dijo alguien.

Alcé la vista y descubrí al gato negro sentado en la silla frente a mí.

A pesar de la sorpresa que me produjo, me incliné hacia delante.

—¿Puedo hacerle una pregunta? ¿Habían reservado ustedes este sitio para mí?

—Así es —asintió el gato negro.

Sus hermosos ojos de color violeta brillaron como la amatista.

—Pero ¿cómo sabían que vendría? ¿Había hecho yo misma la reserva y se me había olvidado?

El gato sacudió la cabeza suavemente.

—No fue usted quien se encargó de la reserva. La hizo alguien hace veintiún años, por si acaso usted se pasaba por aquí.

Iba a preguntar quién, pero me contuve.

En el fondo, sabía de quién se trataba.

—¿Rin…? —pregunté.

El gato negro dejó escapar una risita ahogada.

—Rin, primera sílaba de *rinne*, «reencarnación», ¿verdad? Muy buen nombre.

Sentí una presión en el pecho y, en silencio, expresé mi agradecimiento a Rin.

Antes de emprender su viaje, Rin había querido hacer algo por mí.

Experimenté algo difícil de definir.

—Para el perro que hemos adoptado, hemos elegido el mismo nombre —expliqué—. He llegado a preguntarme si se trata del propio Rin, que vuelve a reunirse conmigo. Sí, ya sé que suena a fantasía, pero…

Me di cuenta de que era a mí a quien había dirigido aquellas palabras, más que al gato negro, y reí absorta. Lo que de verdad parecía una fantasía era la situación en que me encontraba en aquel momento.

El gato entornó levemente los ojos.

—La reencarnación existe. Si no me equivoco, hace escaso tiempo le hablaron de la energía que ha heredado de su vida anterior.

Recordé a aquella mujer rubia del puesto de adivinación y, sin salir de mi estupefacción, asentí con la cabeza.

—Al reencarnarse, las personas portan las virtudes que poseían en su vida anterior. Por eso muchas personas que se comportan como bestias se reencarnan en animales. También se da el caso contrario.

—¿Quiere eso decir que algunos animales se reencarnan en personas?

El gato asintió con la cabeza.

—Los animales que han recibido el amor de los seres humanos pueden renacer como personas; si así lo desean, naturalmente. Por eso, muchos de los que lo hacen fueron mascotas en su vida anterior.

Me pregunté si debía creerme aquello.

Dirigí una mirada inquisitiva al gato.

—¿Por qué cree que muchas mascotas desean reencarnarse en personas? —me preguntó el gato.

—Quizá porque les parece que los humanos llevan un tipo de vida envidiable, deseable.

El felino rio levemente.

—En general, las mascotas no envidian la vida de sus dueños —aclaró—. Se dan cuenta de lo dura y complicada que es.

Acepté aquella idea y me encogí de hombros.

—Normalmente, las mascotas que renacen como personas lo hacen para ayudar a sus dueños. Por eso, esas personas tienen unas virtudes y una energía poco comunes. A ese tipo de personas yo las llamo «hijos de las estrellas».

Al oír aquello, me pregunté si Rin también se habría reencarnado en una persona.

—Sí —respondió el gato, a pesar de mi silencio.

Alcé el rostro, sobresaltada.

Sucedió entonces.

—Mamá.

La voz de Ayu me devolvió a la realidad. Levanté la vista. Ayu había acudido al área de descanso. Caminaba con determinación hacia mí.

Todavía reverberaban en mi cabeza las palabras del gato negro: «Rin recibió mucho amor por vuestra parte y deseó con todas sus fuerzas reencarnarse en una persona para ayudaros a ti y a tu familia».

Tuve la intensa sensación de que una bengala lucía y chisporroteaba en mi interior.

—¡Ayu!

El nacimiento de mi hija había transformado mi vida.

Con su llegada, había calmado mi dolor de no poder engendrar hijos, y ahora trataba de reconciliar a mi familia.

—Gracias, Ayu. Gracias por venir —dije mientras me fundía en un fuerte abrazo con mi hija.

—¿Por qué lo dices? ¿No sabías cómo volver a la habitación?

Me miró fijamente y con cierta extrañeza.

Apoyé mi frente en la suya, tan pequeñita.

—Sí, me había perdido.

Era verdad.

No, no era tanto como haberme perdido.

Era, simplemente, que necesitaba que alguien me diera un impulso.

Quizá porque había sido demasiado débil.

Debía haberle plantado cara a mi padre para decirle lo que yo pensaba que estaba mal.

Debía haber tenido el coraje de discutirlo con él.

Debíamos haber confrontado nuestras respectivas opiniones.

Pero mi padre me asustaba y me había sentido diminuta a su lado y había preferido huir del problema.

—Pero me has salvado —dije tomando a Ayu de la mano y poniéndome en pie—. Volvamos.

—Es por aquí —señaló Ayu, plenamente convencida de que me había perdido de verdad y poniendo todo su empeño en guiarme.

Verla así resultaba tan adorable que no pude menos que sonreír.

—Ayu, creo que ya sé qué fuiste en tu vida anterior —le dije mientras avanzábamos.

—Ah, ¿sí? ¿Qué, qué? —Se volvió hacia mí.

—Fuiste un ángel.

—Hum… Sí, papá siempre dice lo mismo…, que soy un ángel. Y la tía Satomi dice que papá es un blando por llamarme eso —replicó Ayu con gesto enfurruñado.

Reí ante la inesperada respuesta.

Por fin entramos en la habitación y, al hacerlo, mi padre me miró. Parecía cohibido, azorado.

Sus nervios de unos instantes antes parecían haberse aplacado.

Yo me sentía como un mar en calma.

Hasta ese momento, siempre había querido que, en caso de vernos cara a cara, mi padre se disculpara. Ahora me sentía confusa, sin tener claro si no era yo quien debía disculparse.

Quizá ambos.

—Qué susto nos has dado, papá. Pero me alegro mucho de que estés bien.

Mi padre me miró con los ojos muy abiertos. Trató de decir algo, pero guardó silencio. Debía de estar conteniendo las lágrimas porque su rostro se puso completamente rojo.

Desvió la mirada y comenzó a hablar.

—Ahora necesito rehabilitación si quiero recuperar la movilidad —dijo—. No va a ser un camino llano, precisamente.

Ayu se enderezó.

—Abuelito, entonces, mucho ánimo. ¡Tienes que conseguirlo!

Mi padre se quedó petrificado.

—Es que yo también quiero venir a la playa a encender bengalas —añadió Ayu.

Al oírle decir eso, me di cuenta de que el cuerpo de mi padre se estremecía.

—Sí —musitó de manera apenas audible.

—Vaya, vaya. —Mi madre se llevó la mano a la boca—. Ahora sí que no te queda otra que seguir la rehabilitación a rajatabla.

Mi padre mantenía la mirada apartada, como abstraído en sí mismo.

Nunca lo había entendido cuando, de niña, lo veía así.

¿Por qué no expresaba ningún cariño, ninguna empatía? De niña, me lo preguntaba con fastidio e incluso con temor.

Sin embargo, en aquel momento lo vi como un gesto de timidez abrumadora, de un azoramiento que bloqueaba toda expresión.

Por fin lo contemplé desde el punto de vista de una persona adulta, y no desde la perspectiva de una niña.

—Ah, querido… —empezó a decir mamá cuando alguien llamó con los nudillos a la puerta, que permanecía abierta.

Todos volvimos la cabeza a la vez hacia la entrada.

De pie, en el umbral, había un hombre de cuarenta y pocos años, de complexión delgada, con barba y el pelo largo y rizado, descuidadamente recogido en una coleta. Su atuendo, compuesto de pantalones vaqueros y una chaqueta, era informal pero estiloso.

—¡Jiro!

Era mi hermano.

Nos dirigió un tímido saludo con la cabeza y entró en la habitación.

—Papá, tienes buen aspecto —dijo.

—Sí, bueno… —balbució nuestro padre, aturdido.

—Has conseguido preocuparme, papá, pese a todo —agregó Jiro, dejando escapar una risa irónica y amanerada.

A partir de aquel dramático enfrentamiento con papá, Jiro se había comportado de manera abiertamente femenina.

—¿Quién es? —me preguntó Ayu en voz baja.

—Es tu tío Jiro, mi hermano pequeño —expliqué.

Jiro se llevó la mano a la frente.

—¡Nunca me habían llamado tío! —exclamó.

Sin arredrarse, Ayu se plantó delante de Jiro y se presentó.

—Hola, soy Ayu Ichihara. Encantada de conocerte.

—¡La pequeña Ayu! ¡Ya nos conocemos de antes, de cuando eras mucho más pequeña! —Dio un golpecito cariñoso con el dedo índice en la frente de Ayu.

—Pues no me acuerdo.

—Claro, eras muy pequeña. Por cierto, nada de llamarme tío, ¿de acuerdo? Prefiero Jiro, a secas. —Lanzó una risa traviesa y le acarició el pelo a Ayu.

Nuestro padre carraspeó.

—Jiro —dijo, con la mirada todavía apartada.

Mi hermano se volvió hacia él.

—¿Vas a casarte? —musitó.

Lógicamente, el estado de salud de papá había acaparado nuestra atención, pero, desde luego, nada había más imprevisible que la noticia de la boda de Jiro.

Había dudado de que papá y mamá estuvieran al corriente, y, sin embargo, la noticia parecía haberles llegado antes que a mí; antes quizá de que a papá le diese el mareo.

Asumí que su pareja sería otro hombre o, al menos, que no se trataría de una típica boda entre hombre y mujer, e imaginé el estupor de mis padres ante semejante perspectiva.

Me pregunté si no había sido precisamente dicha noticia el factor que había desencadenado el repentino problema de salud de papá.

—Sí —confirmó Jiro, asintiendo a la vez con la cabeza.

—Comprendo —dijo papá y, tras una breve pausa, prosiguió—: Lo cierto es que me preocupaba que te quedaras soltero toda la vida. Ahora siento alivio de saber que vas a tener a alguien a tu lado.

La moderación de papá me sorprendió. También a Jiro, que se enderezó y miró a nuestro padre con los ojos muy abiertos.

—Pero bueno, papá, me has dejado de piedra... —dijo—. Es lo último que esperaba oír de ti. —Y rio forzadamente, tratando de disimular las lágrimas que ya afloraban a sus ojos. Después de cruzarse de brazos, en gesto como de abrazarse a sí mismo, añadió—: De hecho, mi pareja también ha venido. Me encantaría presentárosla.

Entonces se dirigió a la puerta. Mamá y yo nos miramos.

—Espera, Jiro. ¿No es un poco precipitado? Son demasiadas emociones juntas... —dije.

No era lo mismo escuchar todo lo que tuviera que contarnos que mostrárnoslo directamente y sin más preámbulos.

Pensé que tanto mis padres como yo necesitábamos un poco de tiempo para ir haciéndonos a la idea.

En contraste con mi patente nerviosismo, papá se limitó a esbozar una tibia sonrisa.

—¿Se ha tomado la molestia de venir hasta aquí? Entonces que pase —dijo.

No cabía duda de que, durante el largo tiempo que llevábamos sin vernos, quien más había cambiado era mi padre.

Supuse que, separado de nosotros y ya jubilado después de largos años de trabajo, había dedicado una considerable cantidad de tiempo a reflexionar sobre la vida y sus circunstancias.

—Gracias, papá. —Jiro se volvió una vez más hacia la puerta—. Entra, por favor.

A continuación, una joven de veintitantos años, quizá cerca de treinta, accedió a la habitación.

Vestía un traje azul marino y llevaba una cesta de frutas como regalo para papá. Transmitía un aire de joven despierta e inteligente, y tuve la impresión de haberla visto antes.

Ayu fue la primera en reaccionar.

—¡Eeh! ¡Pero si es la que ha hecho *Los ángeles de la estrella fugaz*!

—Así es —ratificó Jiro, asintiendo con la cabeza—. Akari Nakayama, productora de televisión. Y como ha dicho Ayu, una de sus producciones ha sido *Los ángeles de la estrella fugaz*.

Nerviosa, la joven se presentó.

—Buenos días, soy Akari Nakayama.

Inclinó la cabeza de manera un tanto torpe, a modo de saludo.

Nosotros, llenos de perplejidad, le devolvimos el saludo. A papá se le quedó la boca abierta y mamá se llevó una mano a la mejilla.

—Jiro, como eres así, pensé que tu pareja sería un hombre —comentó mi madre—. Tu padre y yo lo dábamos por supuesto.

Papá y yo dimos un pequeño respingo, sorprendidos por la sinceridad de mi madre.

Jiro rio con ganas.

—Pues que sepáis que he tenido algún novio —repuso.

—¿Eh? —Ahora fue Akari quien se sobresaltó—. Pero siempre me has dicho que por dentro eres hombre como el que más.

—Y así es. Pero he tenido alguna época de confusión, de no saber exactamente lo que quería. Pasados los cuarenta, comprendí que no era una cuestión de hombre o mujer. Akari es guapísima, muy inteligente y una profesional de primera línea. Alguien como ella nunca saldría con alguien como yo, así que imaginad mi sorpresa cuando me dijo que se había enamorado de mí. ¿Cómo no iba a caer rendido en sus brazos?

Akari miraba hacia el suelo, roja como un tomate, mientras mamá y yo nos llevamos la mano a la boca al oír las palabras de Jiro.

Papá miró a Akari sin ocultar una leve sonrisa.

—Akari, espero que seáis muy felices —dijo.

Ella sostuvo la mirada de nuestro padre.

—Muchas gracias. Estoy encantada de formar parte de esta familia. —Inclinó la cabeza a modo de rúbrica.

Empezaba a sentirme desbordada por la emoción cuando Ayu me tomó de la mano.

Bajé la mirada hacia ella y me encontré con su rostro sonriente, que, a su vez, me miraba a mí.

—Qué bien, mamá.

No pude contener las lágrimas.

Asentí con la cabeza y le acaricié el pelo.

Ayu acudió junto a Akari y le explicó lo mucho que le gustaban *Los ángeles de la estrella fugaz.*

Recuperada la calma tras tan intensas emociones, dimos la noticia de la pronta llegada de nuestro perrito adoptado.

Explicamos que ya habíamos elegido un nombre para él: Rin.

—¿Rin? —Jiro se cruzó de brazos, pensativo.

La familia, hecha añicos hasta aquel mismo día, compartía ahora un mismo espacio, entre sonrisas.

Encontrándome allí, en tal situación, me di cuenta de cuánto anhelaba aquello.

Al contemplar a mi hija hablando con tanto entusiasmo en medio de todos nosotros, volví a acordarme de Rin.

«Gracias de todo corazón», susurré para mis adentros.

Epílogo

Mientras en lo alto del firmamento las estrellas titilaban invariablemente desde hacía miles y miles de años, aquí en la Tierra los pensamientos y los recuerdos, en constante transformación, tejían y modelaban cada vida humana.

Se entremezclaban en ellos alegrías y tristezas…, y malentendidos.

Como siempre, fieles a nuestra misión, los mensajeros de las estrellas habíamos hecho lo posible por echar una mano y ayudar en los asuntos humanos.

Finalizado nuestro trabajo, yo, Afrodita, disfrutaba de la Nochebuena, junto a los demás, en la azotea del Museo de Escultura de Asakura.

—Junko se dispone a celebrar una estupenda velada de Nochebuena al lado de su familia, ¿verdad? —comenté a la vez que me llevaba a la boca un puñado de palomitas de maíz de lluvia de estrellas, deliciosas con su perfecta mezcla de sal y sirope de caramelo. Nunca faltaban en nuestras celebraciones.

Cerré los ojos y vi la imagen de las personas que nos habíamos encontrado reflejadas en el reverso de mis párpados.

Entre estas, aparecía también Rin, el nuevo perrito de la familia.

El padre andaba levemente impedido, pero participaba de la celebración y disfrutaba de la alegría de su nieta, después de una rápida alta y días de concienzuda rehabilitación.

Sí, no quedaba ninguna duda: la familia de Junko, reunida, celebraba la Nochebuena.

Por su parte, Satomi pasaba una noche magnífica acompañada de su novio y Koyuki había vuelto a casa de sus padres, llevando una estupenda tarta. Su rostro reflejaba paz. Acababa de abrir una nueva puerta en su vida y seguro que la aguardaba un porvenir lleno de esperanza.

—Por cierto —dije—, el signo lunar tanto de Koyuki como de Junko es Piscis, ¿no?

Selene, a mi lado, asintió con la cabeza. Acababa de explicar que la fuerza de los signos lunares no se muestra de manera explícita, como sí ocurre con la de los signos solares.

—Así que es precisamente en los signos lunares donde uno puede hallar indicios que lo ayuden a comprender sus deseos más profundos y auténticos —concluyó Selene.

Ladeé la cabeza, sin terminar de entenderlo.

Selene sonrió.

—El signo de Piscis —prosiguió— es representativo de tolerancia. Quienes lo son poseen el don de reconfortar y perdonar a los demás.

—Eso sí lo entiendo —afirmé, asintiendo con la cabeza.

—Quienes han nacido bajo el signo solar de Piscis son, en su mayoría, personas tolerantes; no solo hacia los demás, sino también hacia sí mismos…

—Ah, sí, comprendo —susurré, mirándola con los ojos muy abiertos—. Puesto que el signo de Piscis de Koyuki y Junko es un signo lunar, y no solar, les falta la energía necesaria para expresar cualquiera de sus características, como la capacidad de perdonar, ¿no es así?, aunque esté latente en su interior…

Ambas deseaban, con todas sus fuerzas, poder perdonar. Ese era su anhelo más profundo. Pero no se daban cuenta de ello y no conseguían llevarlo a cabo, y por eso sufrían.

Selene asintió con la cabeza.

—Anhelan perdonar y no pueden. Por eso su vida se complica.

—¿Qué deben hacer, en tal caso? —pregunté.

—Deben tratar de perdonarse a sí mismas. Quien siente envidia y rencor hacia los demás debe aprender a perdonarse a sí mismo en primer lugar. Todo empieza por uno mismo: quien se perdona hará desaparecer también el rechazo procedente del mundo exterior. ¿Por qué? Porque, al perdonarse, habrá aprendido a perdonar a los demás.

»No ser consciente de ello condena a la persona a dar vueltas sin rumbo fijo, sin dar solución a sus problemas. Lo mismo ocurre con los demás signos lunares.

Selene soltó un bufido. Tenía cierta ironía que ella misma dijera aquello.

—Pero consiguieron perdonarse —apunté yo con una sonrisa.

—Lo cual tiene mérito —apostilló Selene.

—Lo tiene. —Alcé la vista al cielo nocturno.

El Café de la Luna Llena solía abrir las noches de luna llena y las de luna nueva, pero había ocasiones especiales —como aquella Nochebuena— en que también lo hacía, aunque la luna estuviera en cuarto creciente.

Acostumbrada a ver la luna siempre llena, me resultó algo extraño contemplar solo una fracción de ella.

Pensé que tal vez la inmadurez asociada a la luna —y mencionada por la propia Selene— tuviera algo que ver con aquel constante cambio de forma que experimentaba, y también quizá con el hecho de que su luz era un reflejo de la del sol.

—Claro... —susurré con la vista todavía en alto.

—¿Decías algo?

—Creo que ya comprendo el secreto de los signos lunares.

—¿Eh? —Selene frunció el ceño.

—Es precisamente su inmadurez, su carácter siempre cambiante, lo que les permite reflejar la luz que reciben del sol.

—¿Cómo?

—Voy a poner un ejemplo. Sabemos que las características del signo Piscis se expresan sin impedimentos cuando este es un signo solar y que, sin embargo, apenas consiguen aflorar cuando es un signo lunar, aunque luchen por hacerlo. Pues bien, esto puede acabar llevando a quienes se encuentran en esta situación a desarrollar algún tipo de complejo. Precisamente, atender a aquel lugar que no luce por sí mismo, pero que recibe el foco de luz, es la clave para desvelar el problema y comprender cuáles son los deseos profundos y auténticos de esa persona.

Selene me miró con los ojos muy abiertos.

Aquel lugar que recibe el foco de luz...

De todas maneras, cada persona era diferente y el medio para descubrir sus deseos auténticos también.

Perdonarse y aceptarse cual uno es eran, quizá, algunos de los recursos posibles, entre otros.

La luz del sol nos deslumbra, pero es lo que nos permite brillar, como a la luna...

Selene apartó el rostro. A sus ojos habían aflorado las lágrimas.

Zeus se acercó a nosotras.

—¡Qué noche tan estupenda! ¡Brindemos de nuevo!

Alzó su copa y nos rodeó con sus brazos.

Cronos nos miró atónito y se encogió de hombros.

—Mira que te gusta brindar... —observó.

—Brindar con alegría, en ocasiones especiales como esta, es una de las mejores cosas de la vida, ¿no os parece?

—Así es —asintió Selene, que, a continuación, se dirigió a Cronos—: ¿No será que querrías haberte adelantado a Zeus para brindar con nosotras?

—Selene, para lo calladita que eres, tienes una lengua muy larga... —protestó Cronos.

—Perdón —replicó Selene, con una risa divertida.

A todos nosotros nos animaba ver reír a la taciturna Selene.

—¡Brindemos! Pero antes, Zeus, ¿harías el favor de explicarnos el significado de la bebida de Selene: *violet fizz*?

—Naturalmente —aceptó Zeus, lanzando una risita traviesa. A continuación, señaló el vaso de Selene y dijo—: Este hermoso color violeta nos está diciendo: «Recuérdame».

Selene arqueó las cejas y entornó los ojos.

—Encaja conmigo. Siempre pienso eso.

—Ah, ¿sí?

—Sí. Por eso las noches de luna nueva emano toda la energía posible para que se me recuerde, a pesar de que no se me vea en el cielo. ¡Salud!

Alzó su vaso y se lo llevó a los labios.

—¡Ah! ¡Brindemos con Selene!

—¡Brindemos! —exclamé entre risas, al tiempo que elevaba mi vaso. A continuación, di un sorbo a mi *rosé cooler*.

—Selene, siempre haces las cosas a tu manera —le reprochó Cronos, todavía atónito.

—Vaya, pues lo siento —replicó ella sin inmutarse.

Sonreí al oírlos.

El contorno de aquella luna creciente y el trazado de la Vía Láctea se apreciaban con nitidez sobre el cielo nocturno.

Las estrellas de luz titilante eran como una miríada de pececillos que lo atravesaban.

MENÚ DEL CAFÉ DE LA LUNA LLENA

Limonada de luz
de luna

Café de la Luna Llena

Manzana
caramelizada
de Sagitario

Café de la Luna Llena

Vino de polvo de estrellas
y zumo de día y noche

Café de la Luna Llena

Fondue de
queso de Cáncer

Café de la Luna Llena

Mont Blanc
de luna nueva

Café de la Luna Llena

Palomitas de maíz de
lluvia de estrellas

Café de la Luna Llena

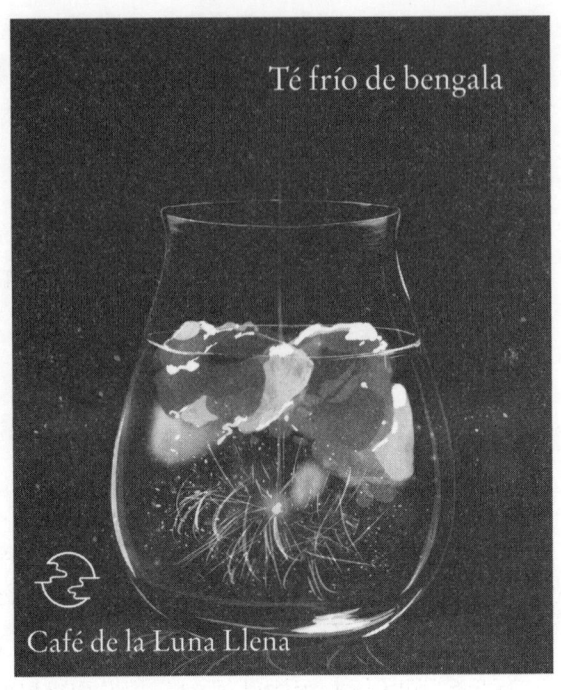

Té frío de bengala

Café de la Luna Llena

Pastel de chocolate
de agujero negro

Café de la Luna Llena

Nota de la autora

Os agradezco enormemente que hayáis leído *Un regalo en el Café de la Luna Llena*. Soy Mai Mochizuki.

Situé la acción de esta novela a finales del año 2020, época de la covid-19, y, a pesar de que ciertos pasajes puedan sugerir sutilmente la situación en que nos encontrábamos, en ningún momento se hace una mención explícita al tema de la pandemia. No hay ninguna mención ni a las mascarillas ni a la así llamada «distancia social» en los lugares públicos. No hacerlo fue una decisión consciente por mi parte.

Espero que comprendáis y aceptéis dicha decisión narrativa.

Aunque este volumen es la continuación de otro anterior, puede leerse de manera independiente. Naturalmente, quienes hayan empezado por el primero de ellos, *El Café de la Luna Llena*, es posible que disfruten más de la experiencia de la lectura de este segundo. Os animo a leerlo si todavía no lo habéis hecho.

Aquel primer volumen surgió con la idea de explicar de manera fácilmente comprensible en qué consiste la astrología.

Puedo señalar con orgullo que muchos lectores interesados en la astrología alabaron las explicaciones del libro por su facilidad de comprensión, y que también muchos de ellos se animaron a conocer su carta astral, lo cual me llena de alegría.

Por otro lado, algunos de quienes no habían tenido contacto previo con la astrología me hicieron saber que las partes dedicadas a esta les habían parecido algo más complicadas.

Por esa razón, en este segundo volumen he abordado los conceptos de signo solar, lunar y ascendente de tal manera que, si os hacen una carta astral, podáis prestar atención a esos detalles y adquirir un mayor conocimiento de vosotros mismos.

Quisiera al menos transmitir la idea de que la astrología admite tantas interpretaciones diferentes como personas se acercan a ella en busca de respuestas. Para la interpretación ofrecida en este libro sobre los signos solares, lunares, etcétera, he seguido las directrices de la astróloga Eriko Miyazaki.

Es posible que algunos de vosotros conozcáis otras interpretaciones posibles. No se trata de que una sea correcta y las demás no, sino, más bien, de que unas interpretaciones se ajusten mejor a determinados relatos biográficos y no tan bien a otros.

En el epílogo del libro anterior, escribí sobre mi experiencia personal aprendiendo astrología y, al comenzar a escribir este segundo libro, traté de recuperar la motivación que me había impulsado a iniciarme en su aprendizaje. Pues bien, aquella motivación había sido, simple y llanamente, mejorar mi vida. ¡Quería ver cumplidos mis deseos!

Comenzar el estudio de la astrología y verme cara a cara con mis anhelos me hizo darme cuenta de que no terminaba de encontrar aquellos más íntimos y personales, los verdaderamente auténticos y profundos.

¿Por qué debemos profundizar para conocernos y para saber cuáles son nuestros deseos más auténticos? ¿Acaso no es obvio que las personas ya se conocen a sí mismas?

Estas son las preguntas que se hacía Afrodita al principio de la novela, y era lo que yo misma me preguntaba cuando me inicié en la astrología porque... ¡estaba convencida de saber qué deseaba en la vida!

Me equivocaba. Después descubrí que lo que yo deseaba no era más que una fachada que no se correspondía con mis deseos auténticos e íntimos.

Quería que me tocase la lotería, quería ser capaz de seguir una dieta, quería publicar un libro...

Lo de la lotería forma parte de la historia de esta novela, así que lo dejaré a un lado. En cuanto a la dieta, mi idea era que, si adelgazaba, sería más atractiva a ojos de los demás. Así que esto era lo que se ocultaba detrás de mi deseo por que mi dieta funcionase. Aunque una pueda ser consecuencia de la otra, ambas cosas no son exactamente lo mismo...

El deseo de publicar un libro se derivaba de que ya había publicado muchos relatos en internet y deseaba con todas mis fuerzas ver alguno de ellos publicado en formato físico. Había una novela en concreto que me hacía especial ilusión, pero era demasiado larga y compleja. No obstante, anhelaba, de manera casi obsesiva, que mis esfuerzos salieran a la luz, aunque no sabía cómo lograrlo.

Me di cuenta de que no podía continuar así y decidí, en primer lugar, poner un poco de orden en mi cabeza.

Dejé de obsesionarme por que fuera aquella obra en concreto la que se publicase y escogí conformarme simplemente con publicar.

Eché un vistazo a todo lo que había escrito y, a pesar de la fuerte conexión que sentía con todas mis obras, no terminaba de ver ninguna de ellas convertida en libro.

Me decidí, entonces, a empezar de cero y escribir una novela nueva con la perspectiva de verla editada. Tuve la fortuna de que esa novela recibiera un premio literario que me abrió las puertas para llegar hasta donde he llegado.

Aquella fue una manera de darme cuenta de que el primer paso para que las cosas empiecen a irte bien es tomar conciencia de cuáles son tus deseos más auténticos.

Pero, antes de ello, uno debe empezar por comprenderse a sí mismo y por organizar las ideas en su cabeza, como he mencionado antes.

Una de las pistas que puede seguirse para lograrlo es, en mi opinión, saber cuáles son los signos solar y lunar y el ascendente propios; en especial, el signo lunar, que representa nuestro lado más instintivo y visceral. Conocerlo significa desvelar aspectos que uno mismo desconocía acerca de su propia identidad, como les ocurre a las protagonistas de esta novela.

Los signos lunares reciben también diversas interpretaciones dentro de la astrología, y en el presente libro he expuesto la que a mí me parece más convincente.

Permitidme ahora que os cuente en unas líneas el origen de esta novela.

Lo cierto es que todo empezó cuando me preguntaron si no tenía alguna idea para escribir una segunda parte del libro anterior. Me alegré de haber creado semejantes expectativas con mi primera novela, pero a la vez empecé a agobiarme por la falta de ideas para una continuación.

Pensaba que en la primera novela había dejado todo bien atado. ¿Qué quedaba por explorar para una segunda?

No quería embarcarme en el proyecto para acabar escribiendo algo ramplón y que no fuera a ningún sitio, y me planteé rechazar la propuesta.

Fue entonces cuando el ilustrador Chihiro Sakurada presentó en primicia, en su página web, una de sus ilustraciones para mi novela *El Café de la Luna Llena*. Era una tierna y melancólica imagen titulada *Té frío de bengala*. Su hermosura y el aire de fantasía que transmitía me llamaron poderosamente la atención.

Aquella ilustración estimuló mi imaginación. En ella se basa el capítulo 3 de este libro, y, de algún modo, también toda la composición de la novela.

El resto, por extraño que parezca, lo concebí a partir de un sueño que tuve, un enigmático sueño en que cierta persona me daba un importante consejo.

Ahora que he terminado de escribir la novela, no puedo dejar de sentir una cálida satisfacción. La atmósfera recreada tal vez difiera un poco de la del primer libro, pero tengo la impresión de haber escrito algo que merece la pena y de lo que puedo sentirme satisfecha.

Antes de finalizar, quisiera expresar mi más sentido agradecimiento a Chihiro Sakurada, que también se ha encargado de las ilustraciones de este volumen; a Eriko Miyazaki, cuya supervisión de todo lo que de astrología se dice en la novela ha sido absolutamente vital, y, por último, a todas las personas que han hecho posible *Un regalo en el Café de la Luna Llena*.

Gracias de todo corazón.

Y, naturalmente, a vosotros, queridos lectores; que vuestros deseos auténticos se cumplan.

Índice